明
室
Lucida

照亮阅读的人

奥波波纳克斯

[法]
莫尼克·威蒂格 著
张璐 译

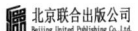

中文版导读

与许多同时代的作家一样,莫尼克·威蒂格(1935—2003)很少谈论自己。她最喜欢做的事是实验新的写作形式,以此跳脱出传统现实主义小说的类别范畴。1964年第一版《奥波波纳克斯》的封面上印着"小说",它也的确作为虚构作品获得了"美第奇奖"(这是法国最权威的文学奖项之一,嘉奖最具智慧、美感,最能让人耳目一新的作品)。把"美第奇奖"颁给威蒂格的正是当时最重要的一批作家:娜塔丽·萨洛特、玛格丽特·杜拉斯、克洛德·西蒙等,他们都是"新小说"的代表人物,和他们一样,威蒂格的作品也在午夜出版社出版(午夜出版社也出版了塞缪尔·贝克特的作品)。

威蒂格与"新小说"派的关系可见一斑。直到

20世纪80年代,"新小说"派一直主导着法国文化界。也正是在20世纪80年代,新小说作家的美学和文学倾向开始发生转变:在此之前,他们与自传体的写作形式一直保持着距离,从80年代起,虽然他们依旧坚持自己一贯的美学和写作原则,但个人生活开始成为他们的写作题材,如娜塔丽·萨洛特的《童年》、玛格丽特·杜拉斯的《情人》(获1984年龚古尔文学奖)、阿兰·罗伯-格里耶的《重现的镜子》。午夜出版社也借着这股回归"传记"的风潮在1984年再版了《奥波波纳克斯》,让这本在二十年前作为小说和虚构作品来阅读和接受的作品,得以作为自传再次进入大众视野。

一部代替自传的小说?

然而,在《奥波波纳克斯》中,读者却几乎找不到关于莫尼克·威蒂格童年经历的确切信息。1935年,莫尼克·威蒂格在离法德边境线不远的阿尔萨斯出生。四年后,第二次世界大战爆发,阿尔萨斯被纳粹德国占领,威蒂格一家只得逃离家乡,来到位于法国南部"自由区"的小城罗德兹(洛泽尔省)。这种当时许多法国儿童都拥有的逃亡经历没有在威蒂格的第一部小说中留下任何痕迹。书中仅仅提到孩子们在"积满了水的弹坑"中玩耍，那是战争轰炸的遗迹，以及"烤饼的香味"，那是法国南部特有的地方美食。作者对风景的描写，尤其是让卡特琳·勒格朗兴趣盎然的众多树木、花卉、禾草，都不足以成为事件发生地点的判断依据，毕竟作者最常提及的植物在法国各地都能见到。威蒂格写作中的一切似乎都在抹去地域特色，而地域特色却在20世纪40年代的法国尤为突出。总之，《奥波波纳克斯》可以发生在法国的任何一个乡村。

同样地，威蒂格也没有在卡特琳·勒格朗和她同伴们的故事中打下任何历史时期的烙印，书中没有提到德国占领法国，没有提到随着德军不断推进，大批法国人背井离乡，除了一处非常隐晦的数数暗示："一起数数。七十一，七十二。嬷嬷是比利时人。"。

因此，威蒂格在《奥波波纳克斯》中讲述的是一个共同的童年，所有人的童年，或更准确地说，几乎所有人的童年。

"所有人的童年"(玛丽·麦卡锡)

在20世纪60年代,法国大部分人口已经生活在城市中,城市聚集着工厂和其他经济生产场所,但是家家户户依然保留着关于祖辈务农的记忆,他们生活在乡村,与卡特琳·勒格朗以及她的同伴们一样,他们的生活围绕着季节更迭、田间劳作以及农业生产周期展开(比如收割完麦子便会迎来采摘葡萄的季节)。《奥波波纳克斯》的第一批读者对于这种对乡间生活的怀念依然可以感同身受,这也在一定程度上解释了大众对它的喜爱,因为透过威蒂格细腻的描写,他们在书中看到了田野间的游戏、漫步,以及童年日常生活的一切,哪怕读者本人未必亲身经历,父母和祖父母也一定把这些回忆传递给了他们。

同样,大多数读者也未必拥有书中描写的校园经历。卡特琳·勒格朗就读的学校是由天主教修女授课的"私立"学校,而大多数读者上的学校则是国家创办的"公立"学校。但是威蒂格从来没有强调私立学校的特别之处,反而极力突出两个教育系统在课程、课外活动等方面的相似之处(尤其是在"外出教学"中,教师组织学生走出课堂,教孩子们识物,教授他们植物、地质、农业经济等方面的知识）。

至于大篇幅的宗教仪式（弥撒、朝圣、游行），1964年的读者对它们并不陌生。直到20世纪50年代，宗教活动在法国依然盛行，人们即使不是每个星期日都去教堂，也会在重大节日（圣诞节、复活节）频繁前往。然而，如今宗教活动在法国已经十分少见，今天的法国读者面对书中大篇幅的仪式描写也会感到惊讶和困惑。再加上威蒂格所写的宗教仪式是梵蒂冈第二届大公会议（1964年）推行改革之前的天主教仪式：弥撒用拉丁语吟诵，神父背对信徒主持仪式，圣体显供架、香烛等仪式器具必须彰显教会实力。梵蒂冈第二届大公会议的改革旨在使崇拜仪式现代化，拉近信徒与教会的关系，改革后，弥撒用法语吟诵，神父面对信徒，流程也得到了简化。所以今天的法国读者其实与中国读者一样，也会对神秘的宗教信仰和仪式感到费解。这也正是威蒂格的天才之处，她通过一个小女孩的视角将天主教的礼仪和仪式展现在读者眼前，而小女孩自己也无法理解这些礼仪和仪式的意义，在弥撒中，她百无聊赖，却发现了另一样重要的东西——爱。杜拉斯也在文章中提到天主教仪式的晦涩以及孩子们对它的厌倦："一个主教死了。他的死会造成或带来什么？在隆重、奢华的主教葬礼中，在中殿的阴影下，在一切引人注目之物的阴影中，在一切之下，小女孩的一绺头发被她旁边的小女孩看到了。多美啊。［……］经过的天主教修女们盲目地见证了她们并不知晓的另一种耀眼的至福。"

从个人视角到普遍视角

虽然卡特琳·勒格朗的童年扎根于20世纪四五十年代的法国，但威蒂格努力淡化了时间和空间对小说的限定，而是选择突出童年经历的共性。80年代，威蒂格在评论朱娜·巴恩斯的写作时提到，《奥波波纳克斯》的写作不在于描述一种"个人视角"（即喜欢同班同学的法国小女孩卡特琳·勒格朗的视角），而在于构建一种可以容纳所有读者的"普遍视角"。这种将视角普遍化的成功尝试引起了"美第奇奖"评审委员会的关注，也正是因为读者能在《奥波波纳克斯》中找回自己的童年回忆，才使得今天的法国读者对它情有独钟。

为了将视角普遍化，威蒂格采用了一种简单的手段，但是它给文本带来了极其精巧、复杂的风格特征。

一般而言，小说通常由第三人称书写［借助用于描述他人的人称代词"il"（他）或"elle"（她）］，而自传一般用第一人称书写［借助人称代词"je"（我）］，但威蒂格选择了一个特殊的代词——"on"。这个法语人称代词功能特殊，只在极少的语言中存在，它是一个第三人称代词，却能指代说话者（等同于"je"）。它既是"je"，也是"il/elle"，是一种可以同时提及说话者（第一人称）和被指涉对象（第三人称）的语言形式。"on"的使用让《奥波波纳克斯》既不属于小说体裁，也不属于自传体裁。

不同于第三人称代词"il/elle"，"on"既可以指代女性，也可以指代男性，这是它的另一个优势。威蒂格利用"on"的这一特性构建了一个性别身份还未经社会构建的儿童人物：卡特琳·勒格朗只是单纯地认为自己是一个人，她正在接受的教育也尚未将她完全限制在小女孩的身份之中。而"on"也让《奥波波纳克斯》的读者，无论男女，都能代入其中。

克洛德·西蒙也对"on"带来的独特阅读体验赞赏有加：

> 阅读这些文字的时候，我不是在阅读一段历

史或故事，它在忠实而有趣地诉说可能发生在一个小女孩身上的事情，而是通过她的眼睛、嘴巴、双手和皮肤去看，去呼吸，去咀嚼，去感受。*

"on"创造了一个新颖、奇特的视角，让我们能够最大限度地接近孩提时代的感觉，或者说学习成长的感觉。《奥波波纳克斯》没有讲述故事，而是呈现了那个叫卡特琳·勒格朗的小女孩所感知到的一切，没有叙述主体来组织她的感知，区分故事与现实，将事件放置在空间或时间之中。毫无征兆地，地理课紧接着弥撒，田间散步紧接着课间休息，摘豌豆紧接着背寓言。经历过的场景、观察到的事实、听到的故事、孩提的恐惧以及青春期的遐想接踵而至，它们交织在字里行间，展现出孩童对宇宙强烈的探究欲和记录知识的激情。这就是玛丽·麦卡锡所说的"所有人的童年"，也是玛格丽特·杜拉斯所谓的"我们都写过这本书"。诚然，读者无法与一个缺乏外表与性格描述的人物产生身份认同，但《奥波波纳克斯》通过人物

---

* 克洛德·西蒙，《给莫尼克·威蒂格》("Pour Monique Wittig")，《快报》(*L'Express*)，第702期（1964年11月30日—12月6日），第69页。

的成长节奏、"纯粹的描述材料"让读者仿佛置身于故事中,化身为卡特琳·勒格朗。

学习读写

卡特琳·勒格朗的活动和学习让我们意识到她在长大,年级在上升。她学习写字,先用"黑色的铅笔"在本子上吃力地画出"m、l、b",接着写出单词、句子,比如"莱昂学功课",最后铅笔换成了令人讨厌的蘸水钢笔:"食指总是滑到蘸满墨水的笔头上。本子上有紫色的手指印……"她也在学习读书:"你高声朗读完整的句子。磨坊里的磨坊主磨玉米。磨坊主的丈夫拉来绵羊。绵羊吃磨坊主磨的玉米。"

从其他材料中借来的引文、语句贯穿全书。首先,学生们高声拼读句子,随着年级的升高,句中的词汇也越来越复杂。在第二章中,井里发现的宝藏取代了磨坊主和她的磨坊:"对——这——个——穷——人——家——来——说——是——一——笔——意——外——之——财"。

在第四章中,卡特琳·勒格朗登上了一个崭新的台阶。假期里,她和表兄弟在看各自的书。当樊尚·帕尔姆因为"阿道克船长在追威士忌泡——泡——泡时变成了一只小鸟叽——叽——叽"(《丁丁历险记》之《月球探险》)而哈哈大笑时,卡特琳·勒格朗则在背诵课本上的《萨朗波》(福楼拜)片段:"鬓角的珠串垂到嘴角,粉色的嘴巴像半开的石榴。胸前的一组宝石……"

接下来到了高中时期。为了记住《阿利斯坎》武功歌的片段,卡特琳·勒格朗和同学们一整天都在背诵古文:"德拉姆王指髯为誓/吾当以五马分尸……余知其髯不能守信"。她们阅读拉丁语的维吉尔,她们学习诗人,卡特琳·勒格朗从庞大的诗词库里摘出零散的诗句,将它们散落到自己的文本中,比如马莱伯的"乡村已在我面前展开"。她把查理一世的诗句"思想中除我以外之一切禁锢我"和兰波的诗句"洁白的奥菲莉亚像一朵大百合花漂浮着"写在给瓦莱丽·博尔热的植物标本集上。

卡特琳·勒格朗引用的诗句越来越多,越来越复杂。她将《阿利斯坎》武功歌的古法语诗文作为第五章的开篇,而波德莱尔《旅行的邀约》中的三个诗节(而非叠句)则贯穿最后一章。从"你说,我的孩子/我的姐妹/想想多甜美/去那儿一起生活/悠然相爱/相

爱至死 / 在像你一样的国度里"开始,到最后一页的"你说,落日的余晖 / 给田野、运河与城市 / 洒下风信子 / 与金黄的色彩 / 在温暖的柔光中 / 世界在沉睡"。全书最后一句则借用了文艺复兴诗人莫里斯·塞夫的爱情诗:"你说,我曾爱她之深我仍活于她身。"

在最后一章中反复出现的"你说"(on dit)代表后面的内容是一句引语,它们也让这一章成为全书最模糊的一部分。你说现在是九月,你说现在在下雨,你说瓦莱丽·博尔热的嘴唇像佩涅洛佩的一样闪耀……谁在说话?是思绪还是梦境?谁在引用波德莱尔和塞夫的诗句?或许是卡特琳·勒格朗,但也可以是任何人,每个人,甚至是作者本人。全书最后一句的人称和时态让它脱离了那个已经成长为少女的小女孩的故事,而隐隐勾勒出作者本人的形象。不过,既然引用诗文是少女卡特琳·勒格朗钟爱的消遣方式,而且这些抒情诗也与她和瓦莱丽·博尔热的情愫相互呼应,即便是最后一句,莫尼克·威蒂格依然与卡特琳·勒格朗紧密地联系在一起。《奥波波纳克斯》是自传体文本的第三人称变体,威蒂格对文体的探索也延续到了她的第二部史诗小说《女游击队员》(*Les Guérillères*)中。

一种写作的到来

《奥波波纳克斯》是一种写作的到来，是与作者本人经历极其相似的写作实践。首先，威蒂格与卡特琳·勒格朗的写作都与前人的文本密不可分，威蒂格在《文学工地》(*Le Chantier littéraire*)中说，"与作家首先产生关联的是浩大的古代与现代作品库"，卡特琳·勒格朗，抑或是莫尼克·威蒂格本人，都喜欢裁剪、挑选、拼凑他人的文本，从孩童时代起便把阅读与写作结合起来，把读到的段落背诵下来，以便日后使用。其次，威蒂格与卡特琳·勒格朗进行的都是一种实践性的写作。在《文学工地》中，威蒂格将作家比作那些在工作室或工地上处理具体问题的工匠、建造者。而卡特琳·勒格朗的写作活动更像是DIY：她先试着画出奥波波纳克斯的模样，再用文字对它进行描述；她在页脚写字；她自己制作书，做植物标本集……她目不转睛地注视着妹妹韦罗妮克·勒格朗以及后来瓦莱丽·博尔热在地上画的形状和字母。最后，卡特琳·勒格朗为了博得瓦莱丽·博尔热的注意和爱而写作，这让人联想起作者本人自青春期起就将写作与女性之间的情愫紧密相连："我的写作一直与被禁止的女同性恋密不可分。我在十二三岁时开始写作，那时我爱上了一个女生。"*

威蒂格在写作生涯中不断追寻普遍性，而这一切都始于《奥波波纳克斯》——一个关于法国童年的故事。威蒂格以极少的文学手段，慷慨地为读者提供了找回童年的机会。卡特琳·勒格朗是她，但同时也是我们这些阅读《奥波波纳克斯》的人，无论是男是女，无论出生在20世纪还是21世纪，出生在法国还是中国。这部惊人的小说讲述的是我们每一个人的故事。我们无比欣喜地得知，在中文译本的帮助下，卡特琳·勒格朗也变成了中国人。

卡特琳·埃卡尔诺[†]和亚尼克·舍瓦利埃[‡]

---

[*] 洛朗斯·卢普，《莫尼克·威蒂格访谈》（"Entretien avec Monique Wittig"），《活艺术》（*L'Art vivant*），第45期（1973年12月—1974年1月），第24页。

[†] 退休法国文学教授，欧洲第一篇威蒂格研究博士论文的作者，著有《莫尼克·威蒂格的写作：萨福的色彩》。

[‡] 法国里昂第二大学法语语法和文体学副教授，编有论文集《在当今阅读莫尼克·威蒂格》。

目 录

奥波波纳克斯
001

后记　一部振聋发聩的作品
241

注释
247

译后记
251

L'Opoponax

奥波波纳克斯

叫罗贝尔·帕扬的小男孩最后一个走进教室，大喊着谁想看我的小鸡鸡，谁想看我的小鸡鸡。他重新扣上裤子。他穿着米色的羊毛袜。嬷嬷叫他闭嘴，为什么每次最后一个都是你。这个上学只用穿过一条马路的小男孩总是最后一个到。从校门望出去就能看见他家，门前有几棵树。课间休息的时候有时能听到他妈妈喊他的声音。她在最高的窗户后头，越过树梢就能看到她。床单晾在墙上。罗贝尔，过来拿你的口罩。她的声音大到所有人都能听见，但是罗贝尔·帕扬不理她，所以喊罗贝尔的声音继续回响着。卡特琳·勒格朗第一次来学校的时候在马路上看见了学校的院子和铁丝网旁边的草和丁香，那是用光滑的铁丝编成的网，勾出一个个菱形的图案，下雨时雨滴会挂在菱形的四个角上，网比卡特琳·勒格朗高。她攥着推开门的母亲的手。院子里有很多孩子在玩耍，但是一个大人也没有，只有卡特琳·勒格朗的母亲，她最好也别进学校，学校是小孩待的地方，要告诉她才行，要不要告诉她呢。教室里面很大，有很多课桌，有一个大圆炉子，炉子周围也围着菱形铁丝网，一根管子伸到靠近天花板的位置，管子上有的地方像手风琴的风箱，嬷嬷踩在靠窗的梯子上做着什么，她想关上最上面的那扇窗。卡特琳·勒格朗的母亲说，您好，嬷嬷，于是她从梯子上下来，接过卡特琳·勒格朗的手，然后让母亲趁你不注意的时候离开，放心吧。卡特琳·勒格朗听到院子里传来吵闹声，为什么不让她跟其他孩子一起，也许是因为她还没有真正地来到学校，因为这要是学校的话也跟想象的太不一样了。它看起来就像家一样，只是比家更大。下午有时候孩子们也会被要求睡觉，但不是真睡。所有人把手臂交叉放在桌上，把头埋在手臂里。闭上眼睛。不许说话。卡特琳·勒格朗时不时会睁开一只眼睛，但这也是不允许的。你们经常站成一排唱歌，在我右手边／有一棵玫瑰树／它会在五月盛开，然后举起右手。卡特琳·勒格朗向右手边看去，现在不是五月，所以玫瑰树还没发芽。你吃点心。每个人都有自己的点心篮，一到四点嬷嬷就挎着所有人的点心篮大喊，这个篮子是谁的，篮子的主人就会回答，是我的。点心篮里有一块面包、一条巧克力、一个苹果或一个橘子。卡特琳·勒格朗总是在上学路上吃掉自己的水果，虽然她不该这么做但她就是忍不住。有时她只是咬上一两口，嬷嬷就会问，有个咬了一半的苹果的篮子是谁的。她经常故意在点心时间之前忘记自己是不是已经把苹果或橘子吃了，为了给自己一个惊喜，也为了看看水果会不会在她忘记的时间里自己长回来。卡特琳·勒格朗作弊了，她知道这不是游戏，因为她不可能完全没有印象，当她拿到点心篮看到篮子里没有苹果或者只剩一个苹果核的时候，她也只会有一点点惊讶，毕竟她没办法完全忘记自己篮子的模样。嬷嬷在削橙子。她用刀抵着旋转的橙子，橙子皮打着圈从橙子上脱落下来。削完所有的橙子，她把最大的圆圈挂在门上，也就是那些没被削断的完整的皮，它们顺着门垂下，被碰到的时候会转圈，嬷嬷不愿意把它们给别人。叫布丽吉特的小女孩是个胖女孩因为她很胖，卡特琳·勒格朗被她抓住脖子，你冲她笑了一下，小女孩的脸颊先是向两边拉开，立刻又向嘴角收拢，她把脖子拽向自己的方向，脸涨得通红，接着她用身体带动被她抓住的脖子一起向地面倒去。卡特琳·勒格朗趴倒在地上，又站了起来。叫布丽吉特的胖女孩又走了过来，这次你没冲她微笑，而是做好了准备，又一次，她的脸颊向两边拉开，鼓了起来，她的脑袋离得很近，头发是灰色的，她拽人的时候力气很大，你很快又趴倒在地上，如果现在哭的话，眼泪会掉进地板的缝隙里。不能再站起来了，要不然又会变成这样。你跟着嬷嬷喊，六十八，六十九。一起数数。七十一，七十二。嬷嬷是比利时人。从头开始数，一，二，三。你在玩猫抓老鼠的游戏。老鼠要飞快地跑起来，再找个东西蹲在上面。要是觉得太累了，就大喊一声停，然后竖起大拇指。卡特琳·勒格朗蹲在围栏上，一根钉子钩住了她的内裤。咔嚓。卡特琳·勒格朗跳下围栏，一边小心翼翼地跑着，一边喊停。这样坚持不了多久。没人看到发生了什么。就算没人知道，也没法穿着漏风的内裤玩游戏。卡特琳·勒格朗跑到嬷嬷身边，什么也没说。这就像她做梦梦到自己穿着睡裙在大街上跑，或者干脆忘了穿衣服，赤身裸体地在外面跑一样。有人靠近的时候她就喊停。嬷嬷帮她脱下内裤，把扯破的地方缝好。卡特琳·勒格朗待在嬷嬷身边一动不动。另一边的孩子们还在奔跑着。叫雅克利娜·马尔尚的小女孩喊了一声停，举起了大拇指。外面在下雨。只能在教室里玩。你牵着邻座叫居伊·罗曼的小男孩的手。你们面对面骑跨在板凳上，一边嘴里唱着，妈妈呀／小船们在水上跑，一边向对方倒去，模仿划船的样子。谁也没发现刚刚示意课间休息结束的嬷嬷已经走了过来，你的两个脸蛋儿各挨了一记巴掌，脑袋嗡嗡响。放假的时候很无聊。卡特琳·勒格朗在花园里转圈。她走到栅栏门前面，看着路上的行人。行人很少，一个小孩也没有。你看见几个桃子和李子的果核躺在排水沟里。你可以偷偷钻出花园，在马路上走几步。你沿着人行道的边缘往前走，但不踩到马路牙子和人行道之间的界线。你越过界线。趁还没被人发现你又回到人行道上。天阴沉沉的。可能要下雨也可能要出太阳。这种天气有一种奇怪的味道，像是天上长着看不见的湿润的青草。也许太阳马上就要从颜色稍浅的云后面冒出来了。卡特琳·勒格朗闭着眼睛走着，她用双手捂住眼睛，不让自己偷看。她走得很慢很慢,给自己充分的时间往上走,她迈出的每个步子都只有一只鞋那么长,只要把左脚迈到右脚前,让左脚跟碰到右脚尖就行了。她微微睁开眼睛,朝地面看一眼,以便确认自己在什么方位,看一眼就好。等走到小路另一头的时候她会转过身子走一次下坡,然后依然闭着眼睛,再走一遍上坡。她这样做着,每迈一步就嘟囔一遍太阳太阳。等结束的时候,她会允许自己把手从脸上拿开,也许到那时你就能看见云后面的太阳。你在饭桌上。你们讨论着爷爷的中风,他的右半边动不了了,连右眼都只能闭着,朝嘴巴的方向耷拉下去。父亲和母亲看着卡特琳·勒格朗。你不能说话。右半边沿椅子滑了下来,拽着她,卡特琳·勒格朗跟着弯下腰,你看见她卡在椅子和地板的中间,她动弹不得,卡特琳·勒格朗上不来也下不去,她盯着地板,像发条玩具一样前后摆动着。卡特琳·勒格朗被袭击了。吃饭的时候那个东西趁你不注意爬上了椅子,导致它现在在父亲和母亲的眼皮底下抗争着。你看着,没有动,你帮不上忙。只有她自己。卡特琳·勒格朗想从嘴里吐出几个字,用了九牛二虎之力,终于,它在叫喊声中出来了。花园里积满了水。当你生病的时候，你从窗户望出去可以看见树枝。你的脑袋下面有两个枕头，让你能既坐着又躺着。母亲说，看灰雀，哪儿呢妈妈，在哪儿呢，快看，那儿呢，树杈上，樱桃树那儿。卡特琳·勒格朗直起身子。下边的地面漆黑一片，地上有很多从樱桃树上掉落的花瓣。妈妈，昨天晚上花被弄坏了。叫伊内丝的年纪大一些的小女孩来找卡特琳·勒格朗一起上学。其他孩子也跟她在一块儿。母亲说，是那个镇上的孩子。你走在国道上，在普粒米超市前面过马路。伊内丝说，我妈就是在那儿买东西的。你来到一条小路上。高高的菱形栅栏旁长着丁香叶和红色的大丽花。马厩外的牧场上马尼耶先生的那头母马低头站着。它突然全速冲向围栏。这是供人骑车的小路。冬天你穿上羊毛袜，风会把大腿吹得发红干裂。你在雨棚下和嬷嬷玩丢手绢。你问嬷嬷，你的丈夫在哪儿呢。嬷嬷用手指指着天空说在上面。你看向天空，什么也没看见，你对嬷嬷说，看不见你丈夫呀。嬷嬷不想回答。在你的坚持下嬷嬷说这没什么奇怪的。云太厚了。他坐在云后面的扶手椅上。说不定中午还会拿着报纸回家。你问嬷嬷他什么时候回来，他不会回来，到底什么时候回来，永远也不会，所以他死了，不，他没死，人们把死人放在哪儿，洞里，那他们还能往天上去？有一条小船／它从——从——从没航过海。你去散步。你不穿罩衫。你穿着外套戴着口罩。嬷嬷提着一个大篮子，里面放着所有人的点心。你坐在草地上玩石子，猜猜我手里有几颗石子。嬷嬷让大家猜字谜。我的第一个音节是第一种金属，第二个有翅膀，第三个在田里，连起来是一种彩笔。住在隔壁的叫阿兰·特雷维斯的小男孩有几本图画书。书上画着一些图腾。首尾相连的黄、红、蓝怪兽们叠在一起，形成统一的图案。它看起来像一根黄、红、蓝相间的柱子但又不是柱子，因为它会飞。卡特琳·勒格朗晚上放学回家的时候害怕被图腾袭击。叫伊内丝的年纪大一些的小女孩说，你真蠢，它不会在这个点飞，那它在什么时候飞，反正我没见过，也许它没来这个国家，什么是国家，就是我们在的地方，那我们不在的地方就不是国家咯，不，那我们不在的地方不是国家就没有图腾咯，我不知道，那我们在的地方是国家所以有图腾，对，但是有我在它们不会对你怎样。卡特琳·勒格朗紧紧攥住叫伊内丝的年纪大一些的小女孩的手，因为她不知道会发生什么，万一要逃跑的话，卡特琳·勒格朗一个人跑不快，你总跑在最后几个。你去牧场的时候不能大声说话。你匍匐钻过带刺的铁丝网，其实不允许这么做，要冒着被警察抓的风险。为了不被发现，你跑到牧场中间堆得高高的干草堆里躲了起来。叫伊内丝的年纪大一些的小女孩和叫阿兰·特雷维斯的小男孩也在。你在干草堆里玩抓别人手的游戏。叫阿兰·特雷维斯的小男孩扭了一下身体。有人碰到了他的什么地方。游戏还没结束伊内丝就从干草堆里跑了出去，你听见喊鬼兽、鬼兽的声音。你们朝各个方向跑开。卡特琳·勒格朗落在最后，一边跑一边哭，摔了一跤又爬了起来，落后其他人一大截。为什么他们要跑得那么快，鬼兽是什么东西，就是魔鬼来了，化身成野兽的样子，鬼兽，对，魔鬼来抓小孩，为什么要抓小孩，小孩又没干坏事。卡特琳·勒格朗已经落后其他人一个牧场的距离了。她摔倒在刚刚割过草的地上。真扎人。卡特琳·勒格朗回过头没看见鬼兽，它会有多大呢，也许是看不见的野兽，也许要等到像伊内丝那么大的时候才能认出它来，也许是因为干草堆里有一朵花，一朵罂粟花或者一朵矢车菊，也许是因为一块木头，要跑起来才行，如果看不到鬼兽的话，也许它就在附近了，也许再也跑不起来了，总之让伊内丝那么大的小女孩害怕的东西肯定不得了。你高声朗读完整的句子。磨坊里的磨坊主磨玉米。磨坊主的丈夫拉来绵羊。绵羊吃磨坊主磨的玉米。书上画着一只比磨坊主还大的绵羊。绵羊的周围有一团一团白色的凸起，那是羊毛。莉莉安洗床单。你跟着嬷嬷念。莉莉安洗床单。嬷嬷把书上的句子抄到黑板上。她用大木尺一个一个地指着音节。当嬷嬷听到哪个地方没读对，她就会敲着黑板说，跟着念，一边指着音节，一边单，单，再来一遍，单。卡特琳·勒格朗有一双雪地靴。雨天或雪天嬷嬷会把它们和其他半筒靴、雪地靴一起放在炉子前烘干。卡特琳·勒格朗不知道怎么扣雪地靴。靴子的侧边有纽扣。嬷嬷忘了把它们扣上。你费劲地走着路。卡特琳·勒格朗穿着半开的雪地靴回家。它们的侧边没有扣上。卡特琳·勒格朗越走越难把一只脚迈到另一只脚前面。沉甸甸的东西从开口的地方灌进了靴子，卡特琳·勒格朗没办法，不，完全没办法抬起脚。她回头望去，有一朵云越飘越低。云里有一个小老头在冲她笑。卡特琳·勒格朗想弯下腰扣靴子，她做不到，她想跑起来，也做不到，因为太多的重量进了靴子。当她再次转身，小老头就要追上她了，他的嘴巴慢慢张开，他在笑话她，你能听见，他从喉咙深处发出嘿嘿的声音。卡特琳·勒格朗努力把脚从地上抬起来。她抬得很勉强，而且每抬一次就会把身体带偏一些，一下往右，一下往左，所以她没有往前走，只能像节拍器一样一，二，左，右。不行，要动起来，要离开这里，要脱身，天快黑了，小老头就在后面，嘿嘿嘿。卡特琳·勒格朗使出浑身的力，化成了一声大喊。小耶稣来学校／你把几颗糖／和一个红苹果／往他嘴里放／你把一束花／放在他胸前。你学习祈祷，礼拜天还会去做弥撒。你有一本带图的书，有的图在书页上有的图不在书页上。一旦你把图弄掉了，就没办法再把它们摆正在书上了，因为你戴着羊毛手套，而如果你用嘴和牙把手套摘掉，就没办法再把手指伸进手套的指头里了。你和其他孩子在一起。你跪在木长凳上。你时不时可以坐一下。膝盖抵住长凳的地方瘪进去了一个窝。你把手指放在上面玩。因为天冷，到处白茫茫的。你用彩色铅笔画着画。先画一个尖顶房子，然后画上绿色的百叶窗。房子周围从上到下都有鸟在飞。给它们画上蓝色的翅膀，但是没有鸟嘴。也没有眼睛。

有些小孩从能看见鸟眼睛的角度画鸟。母亲在花园里晾衣服。你画上母亲。她举起手臂，两边都挂着已经晾起来的、撑得四四方方的衣物。卡特琳·勒格朗穿着一条天冷的时候会贴在腿上的裤子。这让她觉得很不舒服，走起路来随时随地都能感受到裤子的存在，她有两条腿，没错，可两条腿之间的裤裆让她走起路来很别扭。小女孩不穿裤子。你不喜欢裤子，因为裤子会把你一分为二。卡特琳·勒格朗和裤子里不能算是卡特琳·勒格朗的那个人。也许卡特琳·勒格朗是唯一一个穿裤子的小女孩，唯一一个不那么小女孩的小女孩。你蹲在院子里撒尿。叫罗贝尔·帕扬的小男孩说，看我的小鸡鸡。为什么你有那个？因为我大。我也会有吗？嗯，等你像我一样的时候。什么时候？我说像我一样的时候。有小鸡鸡的叫罗贝尔·帕扬的小男孩生病了。他戴着大围巾。他的眼睛闪着光，脸色惨白。嬷嬷说他不会来学校了。嬷嬷说他再也不会来学校了。嬷嬷说他死了。越过树梢能看见的那幢房子的百叶窗关着。叫伊内丝的年纪大一些的小女孩下课后领着孩子们来到房子附近。说不定能看到些什么。房子的门窗都关着，什么也看不见。叫帕斯卡勒·德拉罗什的小女孩用肘碰了碰另一个小女孩,你听到了吗?叫弗朗索瓦丝·波米耶的小女孩做出哦的样子。她把嘴张得很圆。你什么也没听见。你沿着马路绕屋子走了一圈。花园里,一辆没有轮子的卡车扎在地里。屋后的百叶窗也关着,只有一楼的窗户没关。你看见一家人坐在饭桌旁。每个人面前都摆着餐盘。坐在饭桌旁的孩子看起来都是大孩子。你听不见里面在讲什么。父亲站起来关窗。他推开椅子,大声地说了几个词。你听不懂。他使劲摔上窗户,窗户颤动了几下。他好像很生气。你赶紧跑开。有的孩子在窃窃私语。说话的那个踮起脚尖,为了够到听的那个的耳朵,因为听的那个比较高。卡特琳·勒格朗说,小孩死了以后也会被放进洞里吗?你不知道。要小心遍地的窨井洞。你想了想,既然已经知道了这里就是放死掉的大人甚至小孩的地方,你就不愿意靠近它们了。窨井洞通向人行道下面的大洞,从远处不容易发现它们,要非常当心才能注意到它们的存在,它们在路面上开出一个个口子,掉进去就没命了。窨井洞是吸人用的,能杀人。虽然你也可能在这之前就死了,毕竟你的终点就是死亡。但如果意外被吸进窨井洞里你也会死,甚至没有人知道你死了。走在父母前面的小孩就是这样。当你听见外面小孩玩耍的声音,你睡不着觉。床单令人感觉很热,睡着不舒服,你想穿上衣服去外面奔跑。天还没黑,窗户开着。干草的气味,被晒了一天、随风摆动的树枝的气味透过百叶窗飘进来。花园里有人在浇水。你听见水枪微弱的咝咝声。土地也觉得热,散发出潮湿的泥土味。孩子们在路上奔跑。他们因为开心而大喊大叫。那些叫喊声像燕子的叫声,只是时不时会传来几声特别响的声音,你能听出是向这边跑来或者痴迷在游戏里的孩子的声音。回应的叫喊声此起彼伏。它们交错着,重叠着,忽而这声高忽而那声高。你躺着的时候认不出声音的主人,而且该睡觉了。百叶窗的叶片在天花板上投出长长的影子。它们从天花板的一头向另一头伸展。影子不停地移动,当你闭上眼睛,眼皮和眼珠之间也会出现红色和绿色的影子。有时候会有黄线穿过。它们的形状不断变化,你来不及看清楚到底是什么。母亲说枕头里有羽绒。它们蹭着耳朵,发出像干树叶那样的沙沙声,影响你睡觉。枕头底部也有个东西远远地发出像打鼓一样的噪声,一种跳动的声音,在脑袋里回响。你爬上围墙就可以看到镇里玩耍的孩子。你跳起来用手扒住围墙的顶端,接下来只需要用鞋底蹭着墙面往上爬,爬到顶为止。你看见一列列整齐的小房子。一个孩子的母亲在门前甩着蹭鞋底用的地垫。她把地垫放在地上,双脚交替在上面踩踏。她翻了一面,重复刚才的动作。她又把地垫换了个位置,地上出现了一块地垫形状的灰尘。她用扫帚推开灰尘。孩子们在远处绕着一座座房子奔跑。转弯的时候他们的鞋子在铺路的煤灰上打滑。你可以朝他们扔石子,让他们往墙的方向看。你扔不到那么远。你扔到了一扇门上,得赶紧从墙上下来,放下双腿,用膝盖探着墙,让脚尖够到地面。你把蜘蛛放进瓶里玩。你拔掉它们的每条腿,这样就算没盖瓶盖它们也跑不出来。你留下头前部的两只小钳子。它们用小钳子往前爬。你把它们放在水泥地上让它们赛跑。你把它们放进房子里,把它们丢掉。你在院子里玩医生给病人看病的游戏。嬷嬷坐在椅子上。医生用丁香叶当纱布。医生把在烂泥里浸过的丁香叶当作敷料敷在病人们的手臂、大腿和肚子上。你朗读完整的句子。嬷嬷把句子抄在黑板上。织布工人织布。屋顶上的瓦片会撑过整个夏天。她用木尺的顶端指着每一个音节。嬷嬷说,跟我念，屋——顶——上——的——瓦——片。你一遍遍地重复这个句子。你坐在长凳上。不允许乱动。你的屁股往下掉。嬷嬷让叫皮埃尔·贝特朗的小男孩单独读她写在黑板上的句子，尺子在每个要读的音节下面画过。皮埃尔·贝特朗不明白嬷嬷的意思。他不读句子。他不开口。他站在过道上。嬷嬷罚他一个人坐在旁边的长凳上。她说，我们再为皮埃尔·贝特朗重复一遍，屋——顶——上——的——瓦——片。长大以后你就能自己读书了，用不着尺子，用不着嬷嬷，也用不着一遍遍重复。你会一口气读完几十上百页。你爱你妈妈吗？叫若西亚娜·富尔蒙的小女孩问。我爱，嗯，我爱我妈妈。有多爱？这么爱。你用两只手比画出长度。卡特琳·勒格朗把手臂张开到能张开的最大程度。你呢？我，这么多。叫若西亚娜·富尔蒙的小女孩的两根手指几乎碰在了一起。看来你不爱你妈妈嘛。不怎么爱。嬷嬷跳下讲台，身后的裙摆一下子飘了起来，两步就走到了教室后面。嬷嬷揪起若西亚娜·富尔蒙的耳朵，强迫她从座位上站起来，嬷嬷的手依然拧着她的耳朵。等嬷嬷放手，脑袋边挫伤的耳朵变成了紫色。院子里，叫居伊·罗曼的小男孩假装自己是汽车。

他用脚踏着地跑了几步。胳膊摆在肚子两侧做出叶轮的样子，从前往后反向旋转。他做的是倒车动作，身体却在往前进。叫帕斯卡勒·德拉罗什的小女孩喊道，前进不是这样的。居伊·罗曼不听她的，嘴里发出呜——的声音。帕斯卡勒·德拉罗什演示了一遍叶轮正确的转动方向。手臂从后往前转。她说，前进是这样的。帕斯卡勒·德拉罗什跑到叫居伊·罗曼的小男孩面前，抓住他的手想让它们朝正确的方向转动。居伊·罗曼挣脱了她，嘴巴继续发出那样的声音，两只脚依然踏着地。当他靠近围栏的时候他尽可能地把身体向右侧倾斜来转弯。等快到教室的时候他又直起身子。

你躲在丁香树后面,叫喊声不时从某些地方传来。开始了。树叶被雨水打湿了,整齐地排列在树枝上。每根树枝的两侧都均匀地排列着一模一样的树叶,除了枝头那片特别肥大的树叶,它让整根树枝都往下弯。一只鸟停在丁香树粗壮的树杈上。你不动它就不会飞走。地是栗色的,闪着光泽,地上有很多积水,很清澈。你蹲在地上。一只脚时不时地往旁边滑,得把它收回到屁股下面。你用一只手撑着地来支撑身体。鸟唱起了歌。铁丝网的另一边是马路,路那边是另一面铁丝网,再往那边是马厩和牧场。你看见丁香树后面露出的屋顶。你听见交织在一起的声音。我看见你了。轮到你了。你作弊,不许偷看。转过去背对这边。又等了一会儿。有人应该已经把手臂抵在墙上,把头埋在肘窝里了，因为现在很安静。鸟飞走了。老师在教室门口跟一位女士说话。你叫着，笑着，摇摆着。橡皮飞来飞去。埃莱娜·科尔特从教室这头跑到那头。墙上有一块跟墙面一样宽的黑板。老师转过头来说，安静。她向女士微笑了一下。你听见她们继续了刚才的话题。现在只能看见女士的帽子。老师挡在她前面。课桌上有一本本子。你用黑色的铅笔在上面写字。老师每天用墨水把日期标在要写的那张纸的顶端。你把手抵在纸上画字母，还弄出了几个洞。你和阿兰·特雷维斯在做船玩。阿兰·特雷维斯的母亲时不时会进来看一眼你们在做什么，你们假装在看书。阿兰·特雷维斯的母亲很高，满头都是花白的卷发。她讲话声音很大。她说，你个捣蛋鬼。阿兰·特雷维斯挨了一巴掌，绕着桌子跑。母亲跟着跑。你把小木棍放在地上，把黑板放在木棍上。你坐上去，船向后滑。阿兰·特雷维斯说，船在纵摇，把帆升起来。你用腰发力让船往前挪。黑色的罩衫蹭到了屁股底下黑板上的粉笔灰。叼着哨子的阿兰·特雷维斯像船长一样发号施令。一声短，一声长。阿兰·特雷维斯的母亲走进房间。你正向四脚朝天的扶手椅装甲舰发动进攻。阿兰·特雷维斯大喊，升白旗。反正船也没有了，黑板立了起来，扶手椅也一样,小木棍进了玩具箱。卡特琳·勒格朗不会写字。她把黑色铅笔抵在纸上。她写的字母歪歪扭扭,上边超出上边线,下边超出下边线,甚至还会碰到其他线。老师说,重写。你先写了几个 s 然后写 a 然后写 r。s 的肚子总是太大,r 的脑袋总是往前倒。住在楼上的女士跟卡特琳·勒格朗讲话的时候细声细气的。她带卡特琳·勒格朗去她的花园。你采摘豌豆,它们整齐地缠绕在木棍上。有的一直爬到木棍顶端,但是大部分在中间就停了下来,很多掉在了地上,铺散开来。你去叶子底下找豌豆。一拽豆荚,豆茎就断了。如果你没用对力就会把它们扯坏,整条豆茎会从下往上散开,你再一拽,手腕上就会缠上一圈豌豆,而豆子会从被手指捏碎的豆荚顶端跑出来。你把它们放进女士的购物袋。有些晚熟的豌豆上还开着花,有些上面既开着花又结着豆荚。女士半弯着腰,没有蹲下,扁扁的发髻挂在脖子上。这是一个比卡特琳·勒格朗的母亲年长得多的女士。她一直在说话。有时她会停下来,像要哭了一样。鼻子往上皱。你不懂。你太小了。跟着这个男人太受罪了。我知道他有病,但是,昨天晚上他冲我大喊,因为汤太烫了,太烫了,他说我要把它泼你脸上,你故意的,故意的,我,故意的，我。他身体里有绦虫，越吃越瘦。女士身上有一股奇怪的味道，像苹果在树底下腐烂的味道。卡特琳·勒格朗跟她行贴面礼的那天，她的脸颊软软的。你跟在她后面。你听她说话。你采豌豆。有的豌豆荚被豆象咬出了洞，一粒粒小豆子像念珠一样从里面滚落下来。你感觉膝盖后面有东西让人发痒，当女士停止说话时，你变得非常虚弱，你感觉要跌倒了。而且肉很贵，面包很贵，牛奶很贵，鸡蛋很贵，鞋子很贵，生活很贵。老师说，卡特琳·勒格朗，你落了好几页作业，要补上礼拜一礼拜二礼拜三礼拜五礼拜六的那些，还有另一个礼拜一的那几页。卡特琳·勒格朗的作业和其他人的差了三个礼拜一。m、l、b 和元音的那几页。房屋、石子、图像、喷泉的那几页，大道、狮子吃小羊、莱昂学功课、让娜洗手的那几页。铅笔太尖了，会戳破纸。笔头太秃了，写出来的字会很大。橡皮不好擦，想擦掉的地方都晕开了。老师说，拙匠常怨工具差。老师用墨水在要补的那些页的顶端标上日期。卡特琳·勒格朗一个人坐在一条长凳上，一整列只有她一个人，只有她一个人靠在墙边。墙上有一扇几乎伸到天花板的窗户。只能看见天空。窗户朝向牧场和马厩。天热的时候老师会把木帘放下来，连接木帘的赭色木条会在教室里投射出巨大的长方形投影。老师和多米尼克·博姆的父亲一起站在教室门口。她的头从右往左轻轻地摇了一下,她又轻轻地笑了几声。她戴着眼镜。只能看见她黑色的背和黑色的腿。从敞开的门望出去能看见雨棚。雨棚的顶很低,即便是下午里面也很暗。炉子又小又圆。挡火板是用金属做的。天冷的时候挡火板会被炉子散发出的热量烤得发红。炉子上可以烤拿在手上取暖用的圆形鹅卵石。等它们滚烫的时候把它们取出来,就算戴着羊毛手套也很难把它们拿在手上。你把鹅卵石从一只手换到另一只手,然后撒手让它们掉在地上,你时不时地摸一摸,再把它们捡起来放回手上。等鹅卵石变温热的时候,你把手套撑开,把它们塞进去,放在手心里。你羡慕别人手里那块更光滑、更圆、更大的鹅卵石。鹅卵石一冷下来,你就把它们放回炉子上。你去摘毛茛和蒲公英花。它们中空的茎会分泌汁液,干了之后会在手指上留下褐色的痕迹。你挑出结籽的蒲公英来吹。气流吹过的时候,它们会散成一个个小绒絮,随风飘走。你想抓住它们,但是怎么追都追不上,每次快要碰到它们的时候,它们就会突然转向。你把毛茛的花冠抵在喉咙上,把它们沿着脖子往上按,直到下颌骨,脖子上留下了一个个黄色的斑点。你还找到了雏菊。它们因为沉重的脑袋而弯向地面,相互纠缠在一起。你看见它们弯下腰,白色的花瓣紧紧地贴在深绿色的花萼上。你听到狗叫声。那是佩加斯先生的狗。伊内丝说,它被拴着呢。它猛拽链条的样子让你以为它要把自己勒死。你不摘花了。阿兰·特雷维斯蹑手蹑脚地走到篱笆后面观察佩加斯先生花园里的情况。他用手指吹了一声口哨,意思是没有危险。你想去看看河水流淌的样子。你在田的尽头发现了河流。水面波光粼粼,河岸两边长着青草。你坐在河边的石板上。近看水跟草一样绿,看不到底。佩加斯先生的叫声打破了宁静。还不给我滚。他还喊了些听不懂的话,接着他说,警告你们我要放狗了。你在他的田里。你沿着河跑。德尼丝·茹贝尔在苹果树上。她听不见。佩加斯先生在大喊,你也在大喊,过来,德尼丝,当心,有狗。伊内丝跑在前面。你大喊。你没法再喊了,因为你跑了起来。手里的花散落在田里。它们落在草上,有几朵还保持着在花束里的样子,大多数都孤零零的,你每跑一步就会掉一朵花,直到完全撒手。从远处看仰面朝天的大雏菊最显眼。你跑到篱笆后面趴下,努力把气喘匀。你看见德尼丝·茹贝尔从苹果树上跳下来，在河边拼命地跑。狗在后面追。佩加斯先生在后面追。他边跑边喊，臭小孩，小偷，等我抓到你，看我打不死你，给我等着，小偷。他拿着棍子。德尼丝·茹贝尔在河边跑，想逃出佩加斯先生的地。狗向她扑过去。佩加斯先生也快抓到她了。人和狗的声音混杂在一起。德尼丝·茹贝尔只能跳进河里。她逆着水游。水很多。她游起来很困难。德尼丝·茹贝尔没有在前进。你担心她会淹死。佩加斯先生还在跑，现在来到河边沿着河岸跑，狗也在跑，臭小孩，要是被我抓到了，小偷。他在等她上岸。德尼丝·茹贝尔已经靠近岸边了。佩加斯先生准备在岸上堵她。她只能继续待在水里。你看着水流把她带走。你大喊，德尼丝，德尼丝。伊内丝跑去找德尼丝·茹贝尔的母亲。德尼丝·茹贝尔在漩涡里打转。她努力扑腾了几下。她前进了一点。又前进了一点。佩加斯先生带着他的狗和棍子又跑了起来。你还以为他会跳进河里去抓德尼丝·茹贝尔。不，他掉头往回跑。他又转过身，他沿着河岸来来回回地跑，臭小孩，小偷，小偷。他跺着脚，挥舞着棍子。德尼丝·茹贝尔就快越过田边了。她越过田边了。佩加斯先生也到了。他去篱笆另一头等她。你大喊。你拉德尼丝·茹贝尔上岸。她趴倒在地上。头发贴在脸和脖子上。衣服贴在胸和手臂上。水沿着腿往下淌。你抓起她的肩膀。你几乎拖着她往前跑。佩加斯先生追了上来。佩加斯先生就在后面。狗对着篱笆狂吠。狗留在了自己的田上，但佩加斯先生没有。你碰到了伊内丝和德尼丝·茹贝尔的胖母亲，她跑起步来气喘吁吁的。她挡在佩加斯先生面前，为了女儿的事对着他破口大骂，臭不要脸的东西，她像要冲上去揍他的样子。你想杀了她啊，浑蛋，欺负小孩，臭不要脸的东西，浑蛋。佩加斯先生不出声了。他比德尼丝·茹贝尔的母亲瘦得多。德尼丝·茹贝尔缓过劲来。你递给她一件套头衫。她脱下裙子穿上套头衫。你不跑了。你看见佩加斯先生和他的狗走了，德尼丝·茹贝尔的母亲还跟在他后面骂。卡特琳·勒格朗牵着韦罗妮克·勒格朗的手去上学。她们在国道边的人行道上走着。在普粒米超市前，她们确认左右都没有来往车辆后穿过马路。等到了小路，卡特琳·勒格朗放开韦罗妮克·勒格朗的手。自行车经过的时候路上会扬起尘土。路肩上长着荨麻、蓟、蓼，以及一些看起来像大黄叶，但是比大黄叶更宽、更厚、更皱的矮树叶，上面都落满了灰尘。荨麻、蓟、蓼，金得发白。她在小路上向前跑，你看到她跳起来的时候膝盖碰到了下巴。头发也跳过了额头。你停下来撒尿，因为周围没有人。你蹲下去，看着尿液在泥土上画出图案，金色的细流绕过小岛，然后向和大黄叶一样的厚叶子底下流去。大头苍蝇嗡嗡地飞来飞去。韦罗妮克·勒格朗说，肉是用什么做的。用鼻子里的东西，用鼻子里所有的脏东西做的。骗人。是真的。我回去问妈妈。你用蘸水钢笔蘸一下紫色墨水，然后在本子上写字。笔头在纸上画过，笔尖向两边分开，像在吸水纸上写字一样，笔尖沾上了很多小毛。你用手指把小毛抹掉。继续写字。小毛更多了。你把笔头在罩衫上蹭了几下。又在手上的皮肤上抹了两下。你把笔尖的两瓣掰开，把手指塞进去清理它们。笔尖的两个尖头合不拢了，一画就是两条线。卡特琳·勒格朗举起手。老师，我的钢笔头变形了。老师很生气。这是今天第三次了，写的时候当心一点，像这样握笔。老师站在卡特琳·勒格朗的后面。老师弯下腰越过卡特琳·勒格朗的肩膀握着她的手带她写字。你用头碰了下她。她闻起来让人觉得又黑又糙。你用食指和大拇指握住笔，食指折成了直角，按在笔杆上插笔头的地方。大拇指折得没那么厉害。食指总是滑到蘸满墨水的笔头上。本子上有紫色的手指印，沾到墨水的手指在本子上有规律地画出一个个圆圈。你得用食指使劲按住笔杆下端才能让它不往下滑。大拇指也要按住下端才能把笔杆紧紧地握在手里。写完字手指都报废了，连手臂都在痛。还是用铅笔写字好，得不小心把钢笔弄坏或者把它丢了才行。反正卡特琳·勒格朗是猪，老师甩着她的本子对她说，这种本子，这算什么东西，就是个猪圈。本子上除了手指印还有墨迹，蘸了太多墨水或者蘸了太少墨水都会在本子上留下墨迹。如果蘸太多，刚准备写字的时候墨水就滴了下来。如果蘸太少，你会拼命压笔尖，把本子戳破。更别提写出字母了，不像用铅笔写字那样。弗朗索瓦丝·波米耶能用蘸水钢笔在两条线之间写出又圆又细的字母。弗朗索瓦丝·波米耶写得很慢很专心。她用不写字的那只手按住吸水纸，把它沿着横线一点点往前推。她写完一张就抬一下头。她不说，好了我写完了，而是等着老师走到旁边检查她的本子。老师对弗朗索瓦丝·波米耶很满意，表扬了她。帕斯卡勒·德拉罗什滴了一滴墨水在本子上。她小声地叫了一声，然后用手捂住嘴巴。她没举手就嚷着要橡皮。老师让她闭嘴。马上来，安静地等一会儿行吗。她正在看雷娜·迪厄的本子。它跟卡特琳·勒格朗的一样，有很多墨迹和破洞。雷娜·迪厄写的字母周围还有很多小涂鸦,好像老师要求她那么做似的。她用橡皮擦擦这儿擦擦那儿,试着把一些东西擦掉。这让她的本子起了乱七八糟的褶子,让你想用手指摸摸它。褶子里面很脏。老师很生气,气到把雷娜·迪厄的本子甩到课桌底下。雷娜·迪厄被罚跪在课桌间的过道上。你看见她的米色袜子已经落到了脚踝上,袜筒在袜口松紧带勒出的红印子下面折叠成一层一层的波浪。雷娜·迪厄环顾四周,蹲坐下来,再直起身,向上做斗鸡眼再向下做斗鸡眼,最后向前做斗鸡眼,两个瞳孔在眼眶一半的地方互相注视着。雷娜·迪厄跪在过道上。她拉起腰带,把它抽出来做成一个小人的形状,再把它丢在地上,在桌子底下爬着找它,她问老师能不能回到座位上,她在罩衫口袋里找到了几根绳子和一根橡皮筋。雷娜·迪厄一边皱着鼻子,一边揉弄橡皮筋和绳子。她把橡皮筋的一头放进嘴里,把另一头往下拉,直到它能钩到罩衫的第二粒纽扣为止。橡皮筋抽了她一巴掌。一条丝带把她的头发远远地绑在脑后。头发乱蓬蓬的,卷曲的小头发都跑了出来。韦罗妮克·勒格朗坐在花园里。韦罗妮克·勒格朗坐在她的藤椅里。她在玩一根小树枝,小树枝在节疤处拐弯。她自言自语地讲着故事,小树枝在她手里跟着情节上上下下，做她安排的所有动作。它突然从她的指尖溜走了。现在它不动了。韦罗妮克·勒格朗暂停了故事，吐着舌头看着小树枝。她看不见小树枝了，她跪在地上找，在藤椅下面找到了。在她的帮助下，小树枝顺着藤椅爬到了座位上。韦罗妮克·勒格朗跪在小树枝前，又对它讲起了故事。她把它留在藤椅上。她在尘土里爬着。她在比第一根稍大但是没有节疤的另一根小树枝前停下。韦罗妮克·勒格朗在它旁边坐下，抓起它，来回盘弄，仔细打量它，韦罗妮克·勒格朗不说话，韦罗妮克·勒格朗走到藤椅前，把第二根小树枝放在第一根旁边。韦罗妮克·勒格朗在玩小树枝。它们都是她在花园里找到的，都被放在了藤椅上。等收集到了所有需要的小树枝，她把它们一根一根拿起来，插在地上。它们按照她逐渐建立的秩序排列着，有的排成一条直线，有的两两并排，还有的毫无章法地挤在一起。卡特琳·勒格朗在花园里转圈。阿兰·特雷维斯的父亲在柴房前。他用锤子打着一根铁棒。他蹲着。铁棒在他面前的泥地上。他有节奏地敲击着铁棒。金属与金属的碰撞声在花园里回荡。卡特琳·勒格朗来到花园的栅栏门前。路上一个人也没有。卡特琳·勒格朗试着把头钻出栅栏门。在路的另一边，有一大片裸田，没有长花，只有锋利而暗淡的草，在裸田后面，有一些高高的平顶房屋。裸田被长长的篱笆隔断，木桩由铁丝连接，排列得很松散，每两个木桩之间间隔两三个木桩宽的距离。松垮垮的铁丝没有拉住所有木桩，有的木桩挣脱了铁丝和地面，歪在一边，有的索性倒在了地上，还有的被风和人卷走了，只留下一个空当。阿兰·特雷维斯的父亲不打铁棒了。你听到铁棒掉在地上的声音和锤子掉下来撞到铁棒的声音。你听到废铁移动的声音。卡特琳·勒格朗双脚并拢沿着小路往上跳。她弯下腰，去观察向日葵间的一只蛞蝓。你用一块石头把它翻过去，揉弄它，它吐出黏液，朝不同方向缓慢地移动，你按住它，它伸展开，再缩回去。韦罗妮克·勒格朗的小树枝现在围成了一个圈，为了把小石子弄干净，韦罗妮克·勒格朗用嘴唰了一下它们，然后把它们堆在小树枝围成的圈的中央，白色的小石子一块挨着另一块或者叠在另一块上面。你们两两并排，和老师一起去芒多尔勒朝圣。卡特琳·勒格朗的旁边是雷娜·迪厄，前面是埃莱娜·科尔特，她的旁边是弗朗索瓦丝·波米耶。后面是帕斯卡勒·德拉罗什和雅克利娜·马尔尚。你走过礼拜天做弥撒的教堂，来到国道上，这次不从普粒米超市前面走，而是从里面有成捆的红、绿气球的五金店前面走。你来到索菲·雅曼的家门前。老师从队尾往前赶，在索菲·雅曼旁边停下，她弯下腰对她说了些你听不见的话。她示意大家停下。老师穿过马路，进了索菲·雅曼家。你坐在人行道上。雷娜·迪厄在单脚跳。索菲·雅曼跑着穿过马路，站在自己家门前看着其他人。过了一会儿她退到人行道上，双脚交替着在马路牙子上跳，也就是右脚在人行道上的时候左脚在马路上，左脚在人行道上的时候右脚在马路上，她边跳边等老师从自己家出来。帕斯卡勒·德拉罗什靠在索菲·雅曼家对面那户人家的墙上。她把手穿过栅栏门的缝隙，想折一根丁香树枝。老师出来了，你们重新排好队，沿着国道继续往前走。左手边和右手边都是些不认识的房子。房子前面有花园、栅栏门，有的前面还有台阶。你注意不到那些房子。你在讲话。你累了。现在路两旁都看不到房子了。老师示意停下。你走到田里。雷娜·迪厄把一根被她连根拔起的长草伸进鼻孔里挠痒。她又把它伸进卡特琳·勒格朗的鼻孔里挠痒。卡特琳·勒格朗想反抗，她挣扎着躲开，草落到了她的耳朵和脖子上。你来到一棵大苹果树下。老师说她要讲一个故事。你们围坐在老师身边。这是一个关于某个圣人小男孩的故事,他想把耶稣的圣体带给病人,结果被石头砸死了,人们在他的衬衣和皮肤之间发现了被他藏起来的圣体。卡特琳·勒格朗的鞋子里进了很多土,指甲缝里也因为她在苹果树下挖洞而塞满了泥。老师想让你唱歌,因为唱起歌就感觉不到累了。你唱,步行一公里/磨呀/磨呀/步行一公里/把鞋给磨坏,左/左。说左的时候左脚要踏在地上。得用小跳步把另一只脚往后踏,跟上正确的顺序。最好的前进方式/肯定是我们的。雷娜·迪厄开始掉队了,旁边的卡特琳·勒格朗看着帕斯卡勒·德拉罗什和雅克利娜·马尔尚唱着歌超过了她们。你开始在路边找螺母和螺栓。雷娜·迪厄说有时候它们会从卡车上掉下来。你用脚把排水沟里的干树叶、灰尘、旧报纸碎片推到一边。你在柏油路上踏着步往前走。雷娜·迪厄摇头晃脑。她张开双臂,抓住正绕着她走螃蟹步的卡特琳·勒格朗。雷娜·迪厄抓住卡特琳·勒格朗外套的领子,卡特琳·勒格朗抓住雷娜·迪厄衬衫上的纽扣。你使劲地摇晃,试图让对方摔倒。你大笑。你弯着腰在原地转圈。被雷娜·迪厄抓住领子的外套卡在卡特琳·勒格朗的头上,她挣扎着想把头探出来,手里攥着雷娜·迪厄衬衫上的一粒纽扣。老师发现雷娜·迪厄和卡特琳·勒格朗不在队伍里。你听见一声哨声。其他人离你很远,你听不见她们的声音,她们变得比刚才在你身旁时小得多。老师挥舞着手臂,你只能跑过去跟大部队会合。就快到达大部队的时候你听见老师在大吼,这让你停下奔跑的脚步,慢慢靠近队伍。雷娜·迪厄低着头站在老师面前。她一点点分开并拢的双脚,把右脚往前伸,用鞋子从前向后蹭地。等老师讲完,你往她指定的排头走去。你拖着脚步,其他人在唱歌,左/左/在一个南瓜里/有一只夜莺。一大片田野里长着顶端粉红色的草,草里夹杂着和草一样高的天蓝色的花。那是亚麻花或者乌头。每个花冠都紧紧地连在一起,同时又彼此分离,它们的轮廓非常清晰,让整朵花、整片田都呈现出几何形状。你去花田。到了。你在草里打滚。有些地方的草是干的但根部是湿的。有一种刺鼻的气味,还有某种带点甜的气味,打滚的时候感觉吸进了些什么。你把花连茎摘下。雷娜·迪厄摘下整朵整朵的花冠然后把它们放进嘴里。她边跑边摘花,同时把嘴里的花瓣吐掉塞进新的。雷娜·迪厄嘴里塞满了鲜花,她噎住了,你看见她嘴唇上贴着,牙齿间塞着碾碎的蓝色花瓣。和亚麻花或乌头相同颜色的蝴蝶从看不见的地方飞了出来。小教堂在国道另一边的裸丘上。太阳低垂在田野上,小教堂的石壁泛着粉红色。老师说,好了,要去教堂了。雷娜·迪厄一路爬上马路。老师背对着她。卡特琳·勒格朗跑去加入她。雷娜·迪厄和卡特琳·勒格朗跑到教堂后面躲了起来。你高声朗读书上完整的句子。老师坐在大讲台后面的草椅上,讲台前面的挡板延伸到地面,遮住了老师的腿。她面前的书跟你的一样。德尼丝·博姆重复一句句子。埃莱娜·科尔特已经读过了,但是没能读到最后。在——井——里——找——到——的——宝——藏——对——这——个——穷——人——家——来——说——是——一——笔——意——外——之——之,德尼丝·博姆也结巴了起来。老师用尺子快而急地在桌面上敲打,重来。在——井——里——找——到——的——宝——藏——对——这——个——穷——人——家——来——说——是——一——笔——意——外——之——之,德尼丝·博姆停在了相同的地方。老师说,之什么。弗朗索瓦丝·波米耶举起手。老师看了看教室里还有没有其他举起来的手。她又说了一遍,之什么,谁能告诉我,雷娜·迪厄,之什么。雷娜·迪厄看着老师,雷娜·迪厄环顾老师的四周。

弗朗索瓦丝·波米耶举起手。你看见雷娜·迪厄在座位上摇晃身体,你看见她为了直起身子而把腿蜷到屁股底下。雷娜·迪厄也重复了一遍,之什么。老师耸了耸肩。老师向弗朗索瓦丝·波米耶做了个手势,让她发言。弗朗索瓦丝·波米耶没有看书上的后半句句子就背了起来,对——这——个——穷——人——家——来——说——是——一——笔——意——外——之——财。老师对德尼丝·博姆说,讲一遍。跟刚才一样,又卡在了财字上。先说 cī,然后 ái,最后 cái。老师把嘴唇全部收进嘴里,拉扯着脸颊的皮肤,整个身体支撑在前臂上,当她看向教室左边或右边时,她的头很僵硬,你看到圆圆的发髻顶在她的头顶上,头发绷得非常紧,紧得看起来快要绷断了。卡特琳·勒格朗和雷娜·迪厄在院子里。你在捡黄色的小石子,你的口袋里装满了黄色的小石子。谁想要黄——色的石子,谁想要黄——色的石子。你一边喊一边用两只脚交替跺着地面,要把腿抬得很高才能跺地。你抓起石子,把它们朝小房间的木门上扔。木门是绿色的,上面有凹槽。你先站在离门比较远的地方把石子一颗接一颗地往门上扔,扔一次向门靠近一些,最后你来到门前,把手里的石子一股脑地朝木门扔过去。你听见石子从小房间里的一面墙弹到另一面墙上的声音。它们是从门上心形的洞里钻进去的。老师跑过来大喊，给我过来。你赶紧逃跑。雷娜·迪厄拉住跑在前面的卡特琳·勒格朗的腰带。你跑到了低年级的院子里。韦罗妮克·勒格朗坐在地上。她把两只鞋子的鞋带抽了出来，把鞋子也脱了，袜子直接踩在泥土上。韦罗妮克·勒格朗想给一只鞋穿上鞋带，她穿得很努力，连伸在外面的舌头都在用力。韦罗妮克·勒格朗放弃了，她把鞋子放在一边，开始在鞋带上打结，舌头伸到下巴上。雷娜·迪厄用手捂住她的脸，猜猜我是谁。韦罗妮克·勒格朗不知道是谁，她试图拿开捂在她眼睛上的手，小小的手指扒在雷娜·迪厄的大得多的手指中间。韦罗妮克·勒格朗不说话，你看见韦罗妮克·勒格朗不出声地笑了起来。卡特琳·勒格朗和雷娜·迪厄架着她的手臂，把她荡起来。你说荡——荡——韦罗——妮克——勒——格朗。你放下她，因为打铃了。卡特琳·勒格朗和韦罗妮克·勒格朗牵着手去学校。韦罗妮克·勒格朗不喜欢汽车。你总得瞻前顾后警惕来车。但凡有一辆车开过来，即便还离得很远，韦罗妮克·勒格朗就会往旁边让一步，甚至紧紧贴住田边的木篱笆。韦罗妮克·勒格朗看见一辆辆汽车自顾自地往前开。很难说汽车没有坏心眼，走在人行道上很危险，时刻都要担心碰到汽车或者被汽车碰到。它们一副真的什么也看不见的样子，它们装成瞎子，若无其事地从你身边经过，等你觉得它们已经开过去了，它们却突然转向，冲向驻足的行人。汽车是黑色的、全封闭的，只有等它们快要经过或者已经经过身边的时候才能听见它们的声音，每次都会带来一阵风。韦罗妮克·勒格朗在花园里，她向后看，看见一辆大卡车悄无声息地向她驶来。她边后退边向驾驶员挥手示意。她发现车里没有驾驶员。只有两个大大的圆圈在车前的引擎盖上盯着她。卡车慢悠悠地往前开。韦罗妮克·勒格朗急匆匆地往后退。倒退着跑步可不容易。她发现自己没有办法再往后退了，因为身体已经贴在了围墙上。卡车还在不停地往前开，就在眼前了。韦罗妮克·勒格朗只要伸出手就能摸到卡车，不，韦罗妮克·勒格朗绝对不会伸出手，而是把手藏在了身后，快碰上了快碾上了，韦罗妮克·勒格朗在围墙前蜷缩成小小的一团，就在汽车快要碰到韦罗妮克·勒格朗，碰到了她，开始碾压她的时候，她发出了撕心裂肺的尖叫。你坐在草地上。草上铺着一块桌布，桌布上摆着餐盘。韦罗妮克·勒格朗的脖子上围着一块橙蓝格子的小餐巾。她手里端着大杯子，从里面喝水。你看见她把舌头压在内侧的杯壁上。舌头用力的地方挤压着玻璃，周围因为吸力形成了某种绿色的波纹。母亲用韦罗妮克·勒格朗脖子上的三角形餐巾的尖角给她擦嘴。父亲砍下一根榛树枝，用小刀在树皮上画画。树皮下面的木头白白的，手摸上去湿湿的。树枝最终完全脱去了树皮，白色的地方过一会儿会变黄，你给它包上手帕来阻止它变色。白色和红棕色的母牛边吃草边往这边靠近。离得最近的那头牛旁边有一头离得稍远一些的牛，后面跟着另一头牛，它几乎在从前面那头牛的蹄间弄草吃。时不时会有一头牛抬起头，口水沿着牛嘴往下流，一直流到脖子的垂皮和咀嚼了一半的草上，那是开着粉色绒球花的三叶草和苜蓿。牛又低下头吃草，它把嘴埋进一大片草里，它呼气、吸气，发出湿润而柔和的声音。角最短的那头牛在桌布旁边。它拉出一坨冒着热气的扁圆的粪便。半蜷曲的尾巴朝向天空。另一坨粪从尾巴下的开口掉了下来，在第一坨粪便旁铺开，但是比第一坨更小。完事后牛把尾巴垂下来，抬起头向右向左甩头，伴随着一声长哞，它的脖子越伸越长，直到叫声停止。牛头恢复正常。你抓起一把草，伸手喂牛，手指绷得笔直。粗糙的舌头带着口水拉出的粗丝扫过手掌。晚上放学回家的时候太阳从没有长花、只有锋利的长草的田野那头落下，从篱笆和木桩的后面落下。只能看到高高的建筑的外立面，一排排紧挨着的窗户闪耀着红色的光芒，通过它们才能看见太阳，一团火红的东西，你眯起眼睛。那儿住着男人和女人，他们很小，血盖住了他们的脸让你看不清他们的面貌，他们的脸就是血做的。他们住在像纸牌屋一样的房子里，有时他们会在房子之间攒动，那是他们回家和出门的时间。要用力看才能看见另一头，太阳不会从那边落下，草几乎是黑色的，也看不见田野中间流淌的河水。盯着他们看是不被允许的，要是你看过了头，晚上他们会出来报仇，你会梦见脸上没皮、渗着血的男人们走到你的床头，用不着看见你，他们也能伸出手掐住你的脖子把你掐死。卡特琳·勒格朗的班上来了一位叫苏珊·梅里埃尔的新学生。她很高。金黄的头发就像刚烫过一样，一条发缝把它们一分为二，一边各夹一个发夹，被夹住的头发像两只狗耳朵，只不过是卷卷的。她的脸颊发紫。你叫她头发乱蓬蓬的女孩。苏珊·梅里埃尔虽然年纪不小，但她不识字也不会写字。老师取笑她。于是她说了些算不上话的话，听起来更像是低沉而刺耳的呜咽。她被安排坐在一个人的座位上。你看到她的头发上有白屑。若西亚娜·富尔蒙说那是跳蚤。你在她头上找跳蚤。你用尺子打她,打在她的背和头上。她弓着背,把头埋进肩膀里。她只会做这一个动作。你打得更凶了。你听见低沉而刺耳的声音持续地从她的嘴巴里发出。你打她。尺子此起彼伏地落在她的头上、背上。整个班级的尺子都在打她的背和其他部位。所有人喊叫着,一起有节奏地打她。她现在弯曲胳膊来保护头部,在面前向外突出的肘部还在挨打。低沉、持续的声音伴随着尺子的敲击声不断从她嘴里发出。你笑着。你在校门口候着她,准备用石头打她。伊内丝牵住她的手,用手臂环住她的肩膀。苏珊·梅里埃尔哭了起来,眼泪在紫一块红一块的脸颊上流淌。你知道伊内丝现在如何与苏珊·梅里埃尔说话,当你试图靠近时她会如何呵斥你。你远远地跟着被伊内丝搀扶着的苏珊·梅里埃尔。你看见她们每天晚上都这样放学回家,每天早上都这样来到学校。伊内丝陪苏珊·梅里埃尔走到教室门口,直到老师示意上课才跟她分开。中午和晚上伊内丝同样在门口等她,只和她一个人说话,护送她到家门口。花园里韦罗妮克·勒格朗在碾砖头,想用它们来盖房子。卡特琳·勒格朗在栅栏门后面,头卡在栏杆中间。她看见一辆敞篷的搬家卡车开了过去。家具杂乱地堆在车厢里。各种各样的家具都有,面火炉、桌子、椅子、沙发、镜子、衣柜。卡特琳·勒格朗看见最下面有一个小男孩支撑着整个结构,他头上顶着一个大衣柜,伸直的手臂上整齐地叠放着好几把椅子和一张小圆桌。他全身赤裸,看上去很痛苦。卡特琳·勒格朗仔细一看,发现靠近中间的地方还有一个小男孩用同样的方式支撑着家具。他的脖子是弯的,因为他的头歪在一边,应该是当有人往他头上放东西的时候,他在最后一刻扭了一下头,又没来得及扭回来。两个小男孩都像雕像一样一动不动,因为稍有移动就会破坏结构的平衡。两个人都赤裸着身体。卡车开得很慢,但是从卡车后面看不到小男孩。卡特琳·勒格朗跑上斜坡。韦罗妮克·勒格朗没在听卡特琳·勒格朗讲话。她已经把两块砖头碾成粉末了。韦罗妮克·勒格朗往上面吐口水,你发现口水能调和砖粉。砖粉变成了粉红、浓稠的灰浆,她用手里的石头搅拌着。过了一会儿韦罗妮克·勒格朗没有口水了,她让卡特琳·勒格朗替她吐。韦罗妮克·勒格朗小心翼翼地把灰浆抹在几块石头上。卡特琳·勒格朗在围墙上往镇子里看。卡特琳·勒格朗在最宽的一条路上发现了伊内丝。几个孩子围着她在煤灰里上蹿下跳。她刚刚去买了面包。黑色的购物袋悬挂在弯曲的手臂上。她从袋子里拿出一个面包，从没有皮的断面上揪下一块。面包上出现了一个大洞，透过大洞可以看见面包里面的软心。卡特琳·勒格朗回头看见韦罗妮克·勒格朗还在忙着碾砖头。洗衣间里灰色的水池被用得油光水滑，你伸手去摸。其中一个水池里装着透明的绿色液体。为了够到液体，你拖来一个圆盆，圆盆的边缘在石地上刮擦，发出金属摩擦的声音，你把圆盆翻过来踩在上面，盆底的中心向下凹陷，你努力伸直身子，用手心接到了一些液体，它看起来像苦艾酒，但是喝起来有股杉树味，还呛喉咙。雷娜·迪厄没来上学。老师在她的名字旁边画了一个叉。你在听写。卡特琳·勒格朗没来得及把老师说的每个词都写下来。你留下大概的空当，准备在老师读下一遍的时候填上。钢笔从一个不完整的词跳到另一个词上，留下新的空当。手里的钢笔还是那么不听话。笔头不愿意保持原样，总是向下一弯分成两瓣。你把钢笔浸在墨水里，提上来把多余的墨水甩掉，然后继续写字。笔头钩住纸，陷下去，写出了几个不完整、破碎的、带着须的字母。你写马匹、马车、马路，跳过一个没来得及写又没记住的词，然后继续写模型、模式、模板、模具，又跳过一个 ang 结尾的单词，可能是模样。你等着老师读下一遍。你仔细地填上一个或两个空当，但这就是极限了，更糟糕的是这影响了你听后面的内容，也没能检查上一遍已经写好的单词。老师说单词和单词之间用逗号隔开，马匹逗号，马车逗号，趁老师说逗号的时候你赶紧补上没写的单词，但还是来不及写全。老师说，检查一遍。老师说，让你们看本子，不是看窗户，你抬起头，老师说，让你们看本子，不是看黑板。老师要指定一个人收本子。所有人都举起手喊道，我，老师，我。老师说若西亚娜·富尔蒙，收本子。其他人不服气。你听见四周的抗议声。老师敲了几下尺子让大家安静。若西亚娜·富尔蒙拿着一摞本子在课桌间穿行。帕斯卡勒·德拉罗什一边把本子递给她，一边跟她小声说了些什么。你听见窃窃私语的声音、钢笔放在桌子上或者掉下去的声音、桌子的吱嘎声、衣服与木头摩擦的声音。你躁动着，没有完全安静下来。你半站起来，又坐下来。在这段间隙过后，老师会说，现在我们开始。你在院子里。高年级的学生在训练低年级的学生，强迫她们加入游戏。低年级的学生是病人，高年级的学生是医生。你在队伍里等待自己的轮次。墙角的接骨木散发出恶心而刺鼻的气味。你摘下了一些能让牙齿变黑的浆果。雅克利娜·马尔尚说，墨水就是用这个做的。你把果肉和果皮一起吐出来。你不喜欢接骨木浆果的味道，太甜了，甜的同时又有点像乙醚。你害怕中毒。老师说墨水有毒。莫尼克·德斯皮奥把学生一个一个带过去看病。你跟着她，来到其他高年级学生面前。你听到一个声音说，把衣服脱掉。你照做了，留下内裤没脱。莫尼克·德斯皮奥把你的内裤脱掉。莫尼克·德斯皮奥说，面对墙壁跪下。你很害怕。你跪下来。你看着那面光滑的墙，它大概两米高，没有厚度，像一面打巴斯克回力球的墙，它与另一面墙形成一个墙角，两面墙外形类似，只是另一面没有这一面那么长，它们矗立在学校的菜地中间，给莫尼克·德斯皮奥、吕斯·富尔蒙、妮科尔·布拉捷的游戏提供了绝佳的隐蔽场所。你感觉有一只手放在了你暴露在外的光溜溜的屁股上。比肛门稍高一点的地方传来一阵剧烈的疼痛，可能是木棍或者金属之类的尖锐物体引起的。你没出声。莫尼克·德斯皮奥握住卡特琳·勒格朗的手，帮她穿上衣服。若西亚娜·富尔蒙的姐姐吕斯·富尔蒙说，手术结束，下一个。你去跟接骨木旁边的其他人会合,她们在墙后面等着自己的轮次。妮科尔·布拉捷在那儿看着她们,不让她们看见墙另一头的情况。德尼丝·博姆用牙齿咬断一根树枝,撕下树皮,把里面的木髓完好地取出来。德尼丝·博姆说可以吃了。你吃着接骨木的木髓,它嵌在牙缝里。老师穿过院子,朝莫尼克·德斯皮奥、吕斯·富尔蒙、妮科尔·布拉捷所在的两面墙形成的墙角走去。妮科尔·布拉捷看见老师来了,向其他人吹了一声口哨。所有人离开墙角,莫尼克·德斯皮奥、吕斯·富尔蒙、妮科尔·布拉捷不紧不慢地走到小女孩那边的接骨木下,她们假装给弗朗索瓦丝·波米耶、雅克利娜·马尔尚、卡特琳·勒格朗、德尼丝·博姆看病。她们用一个有开口的箍圈套小女孩,一旦套到一个小女孩,她们就会收紧金属箍圈。老师发现游戏没什么危险就离开了。你在午睡。床很热,你睡不着。韦罗妮克·勒格朗在床上玩手指。一边玩一边闭着嘴巴用嗓子哼一个调子。从头到尾只有哎——哎——哎——哎——哎一个音。她把两只手举在面前,一个接一个地分开手指。她把两根手指贴在一起,这样保持了一段时间,然后松开。她快速分开它们。她选定一根手指——食指,她用另一只手抓住食指。她看着它。它正缓慢地在床单的褶皱上走着。它在一个凹陷的地方摔倒了,它爬起来,一瘸一拐地走了几步,然后跑了起来。它从床上弹起,在空中飞,刚开始飞得很慢,然后越飞越快,最后坠落在了床单上,它筋疲力尽地倒在那里。韦罗妮克·勒格朗抛弃了它,开始研究另外两根手指,其中一根要比另一根长得多。那是中指和小指。它们一起往前走,代表韦罗妮克·勒格朗和卡特琳·勒格朗,一个要走得慢一些,因为它更小。它们一起去学校,一起乖乖地走在人行道上。有汽车经过它们就往旁边让。小的那个用一只脚踩水坑,大的那个训斥它。小的那个继续踩水坑。大的那个拉住它。但是大的那个反悔了,它也开始踩水坑,还为了抢地盘把小的那个往旁边推。小的那个守住了地盘。现在它们两个都在水坑里,水直往外溅。它们在院子里玩小石子,把已经在嘴里吮吸干净的白色小石子放进身体的各个洞里。先放进嘴巴再放进鼻子。石子在鼻子里待不了多长时间。耳朵一下子可以装进好几颗。小的那个很担心,因为一颗小石子卡在了耳朵里,大的那个把它弄了出来,重新开始。卡特琳·勒格朗在床上躺无聊了,床很热,睡不着。卡特琳·勒格朗不玩手指。刚才你和伊内丝、德尼丝·茹贝尔去了菊花田。你在跟阿兰·特雷维斯怄气。德尼丝·茹贝尔牵着玛丽-若泽·韦南的手，她俩住得很近。玛丽-若泽·韦南的两条大辫子一直垂到肚子上。你用雏菊做了几条项链。伊内丝演示怎么把所有花冠摆在同一侧再把它们系在一起。你玩扮女王的游戏。玛丽-若泽·韦南被加冕为女王。她跪在地上。一个人给她戴上雏菊花冠。你牵着她的手陪她登上鼹鼠丘上的宝座。玛丽-若泽·韦南身体僵直，既符合女王风范，也能让王冠保持稳定。你把她的裙摆在她周围摆好，把一朵朵雏菊插在她连衣裙的上半身上。她把一根棍子笔直地举在身前。你们一个接一个地上前行礼。先深深地鞠一躬再倒退着离开。你把雏菊、矢车菊、毛茛和蒲公英向她的脸颊和眼睛扔去，就像你在耶稣圣体瞻礼上看到人们对圣体台做的那样。扔着扔着，她陶醉了，她开始大笑，在地上打滚，你把花扔向德尼丝·茹贝尔，扔向伊内丝，你的头上都是花，你在地上打滚。你在阳台上。外面在下雨。你没有看见雨水从柏树枝上滴下来。但是细细的水流一条接一条地沿着窗玻璃流下。水流一旦贴上玻璃就不会离开了。有时一条水流会把碰到的另一条水流吸走，水流越变越粗，越流越快，奔向窗底。阳台上卡特琳·勒格朗和韦罗妮克·勒格朗在整理玩具。母亲说，没位置了，把坏掉的玩具扔掉。你在筛选玩具。你把可以扔掉的玩具放在右边，把想留下的玩具放在左边。坏的那边也就是要丢掉的那边还没有什么东西，只有面包屑、碎纸片、没法用的盒子。好的那边已经堆满了。玩具坏了不是丢掉它的借口。夜里你睡觉的时候被你丢弃的玩具会在旁边哭泣，故事书上就是这么写的。所以好的那边有三条腿的小狗、只剩下上半身的娃娃、没有头的小锡兵、螺母、图画、盒子、有轮子或没轮子的小汽车以及几乎崭新的玩具。弹珠滚得到处都是。韦罗妮克·勒格朗在两边来来回回。她一会儿从坏的那边捞出一个她觉得还能用的盒子，一会儿捞出一小块木头，再把它们放到好的那边。她在坏的那边坐下了。她端详着一张从图画书上撕下来的封面，然后站起来把它放到了好的那边。时不时会有一滴特别大的雨滴落在窗户上，从上往下飞快地滑过窗户，但是走的都是斜线，它闪着光，就像晚上飞驰而过的火车。母亲说，还是太多了，重新理。阳台的这头到那头都摆满了玩具。走路的时候要跨过一个一个的玩具或者一堆一堆的玩具，落脚的时候也要小心别踩到哪个小玩具、哪根蜡笔或者哪颗弹珠。为了让一些小东西逃过一劫，韦罗妮克·勒格朗把它们藏在供暖锅炉的后面。你看见一颗玻璃弹珠慢慢地从两个张着嘴的盒子之间滚出来，然后向门旁边的墙角滚去。门的另一边是花园。一条石子路沿着草坪和两棵李树蜿蜒而去，因为这两棵李树，阳台的光线总是绿蒙蒙的。雨天会变成深绿色。阳台嵌在浴室和厨房之间，各种各样的管道在这里穿行。韦罗妮克·勒格朗把两只手伸进右边好的那堆玩具里，想把木头小丑找出来。一只橙色的小蜘蛛爬上了她的脖子。最后她没找到，坐在地上哭。伊内丝和德尼丝·茹贝尔在田里朝这边挥手。等你走近时，她们说玛丽-若泽·韦南死了。你和她们一起来到玛丽-若泽·韦南的家门口。厨房里，母亲正在处理四季豆。油布上铺着一张报纸，玛丽-若泽·韦南的母亲把用刀尖从四季豆上撕下的筋放在报纸上。她坐在桌前，一边撕着豆筋一边哭，泪水从脸颊流到围裙再流到报纸的边缘。玛丽-若泽·韦南躺在隔壁房间的床上。一条白色的薄纱盖在她的身上。她的头上戴着一顶白玫瑰花冠。两条黑辫子被摆放在胸前，辫子上方的双手握着一串珍珠项链。眼睛闭着。脸颊像往常一样苍白。你从床边装着圣水的玻璃杯里拿出一段圣枝，把圣枝浸在圣水里，然后把它拿出来，一边画着十字一边把圣枝举到床上方。薄纱因为滴落的圣水而皱了起来。母亲踮着脚来到这边,没有发出声音。她用抹布赶走停在薄纱上的苍蝇,然后用抹布遮住正在抽泣的脸。当她拿下抹布,你看见一张肿胀、通红的脸。她几乎说不出话来。她让你再待一会儿,这能让她好受些。她哭得越来越厉害。她离开了房间。你站着。你不说话。你看着薄纱下面的玛丽-若泽·韦南。当你再次穿过厨房准备离开时,母亲还在处理四季豆。在她面前的报纸上,有一小堆几乎透明的豆筋、豆尖,还有连接豆荚与豆茎的小帽子。玛丽-若泽·韦南的母亲从围裙口袋里拿出一块手帕来擦眼睛。伊内丝说,别打扰她。你默默离开,没让她起身。下楼时你听见她撕心裂肺的哭喊声。

雷娜·迪厄站在黑板前。她不会做乘法题。黑板在讲台后面，坐在椅子上的老师必须半转身体，扭过脖子才能看见她。你看见发髻的侧面和半副眼镜，也就是其中一个金属圆框和里面的镜片。镜架架在耳朵后面。你能很清楚地看见镜架，因为头发都被发髻揪了起来。雷娜·迪厄用手指擦掉乘法题的答案，把它擦成白乎乎的一团，依稀还能看出一两个数字，中间还有些湿乎乎的手指印。雷娜·迪厄用一只脚站着。这没帮上她什么忙。她换另一只脚站着。老师转过来面向全班。她又解释了一遍乘法法则。雷娜·迪厄背对黑板。她离老师很近。她又靠近了一些。雷娜·迪厄弯下身子看着老师的发髻。里面有很多白头发。有几根露在了外面。雷娜·迪厄用指尖夹住它们。她用手绕着老师的头从上到下轻轻地来回移动。老师动了一下，她用食指挠挠头，雷娜·迪厄把双手插进上衣口袋。老师什么也没觉察到。她说，把你们的草稿本拿出来，算黑板上的乘法题。就在你抄算数题的时候，老师转身看后面的黑板。这让雷娜·迪厄在老师转头的同时向后退了一步。当她看见老师的目光再次看向全班的时候，她迅速跑到老师身后咻地一下把一根露在外面的白头发拔了下来。老师这次感觉到了什么。她噌地站了起来，满脸通红。她愣了一下，说，你在干什么。雷娜·迪厄没想到老师会有这么大的反应。她不出声。她低着头，下巴抵在胸前。她左摇右晃地从一只脚换到另一只脚。老师吼得越来越大声。最后雷娜·迪厄说，可是，老师，那是根白头发。雅克利娜·马尔尚向帕斯卡勒·德拉罗什倾斜过去，问她看没看见雷娜·迪厄拔了老师的头发，帕斯卡勒·德拉罗什做出哦的样子，把手放在嘴巴前面。你在玩老鹰抓小鸡的游戏。雷娜·迪厄向若西亚娜·富尔蒙扔了一把石子。就在雷娜·迪厄快要抓到她的时候，若西亚娜·富尔蒙越过了围栏，她在马路上大喊，你抓不到我，你抓不到我。她并拢双脚在马路上跳。雷娜·迪厄突然朝大家冲过去。德尼丝·博姆从她身边溜走，雷娜·迪厄没能碰到她。雅克利娜·马尔尚拍了拍雷娜·迪厄的背。当她转过身时，雅克利娜·马尔尚已经跑远了。弗朗索瓦丝·波米耶与雷娜·迪厄一直保持着很远的距离。若西亚娜·富尔蒙又出现在了院子里。雷娜·迪厄一看到她就追了上去。她离她越来越近，雷娜·迪厄的手差点就要碰上若西亚娜·富尔蒙的背，但若西亚娜·富尔蒙冲进了厕所，把门反锁了起来。雷娜·迪厄用拳头捶了几下木门。若西亚娜·富尔蒙把门闩卡住了。她喊着门打不开了。雷娜·迪厄用尽全身力气，把右肩向门撞去。若西亚娜·富尔蒙生气了。你听见她在呻吟。你听见她在使劲拉门闩。弗朗索瓦丝·波米耶跑去告诉老师若西亚娜·富尔蒙被锁在厕所里了，她出不来了。若西亚娜·富尔蒙让门闩一毫米一毫米地动了起来。又没动静了。雷娜·迪厄还在用肩膀使劲地撞门。最后锁横头弯了，掉了下来，门突然敞开，雷娜·迪厄撞门的肩膀因为惯性一下子撞上了若西亚娜·富尔蒙。若西亚娜·富尔蒙倒在便桶上，一条腿插了进去，液体一直没过小腿肚。她抽出一只沾满了浓稠的棕色液体的脚，液体在鞋带间流淌，浸透了白色羊毛袜。实在令人作呕。这是掺杂着水和尿的粪便。若西亚娜·富尔蒙从厕所里单脚跳了出来。她把脏腿伸在前面，拧着脸看着它，哭了起来。当老师赶到的时候，她看见若西亚娜·富尔蒙把头埋在胳膊肘里，手臂抵在木门上，把一只脚、一只鞋、一条腿高高抬起，上面沾满了没到腿肚的粪便。

你去森林远足。你们两两并排，穿过神庙前的广场。德尼丝·博姆在若西亚娜·富尔蒙旁边。前面是卡特琳·勒格朗和雷娜·迪厄。广场中央有一个供乐队演奏的凉亭。主干道上挤满了骑自行车的人和汽车。你靠右沿人行道的边缘走。你看见人们纷纷绕开杵在广场中间的水泥平台。你往左拐，沿着河岸走。为了不妨碍交通，两路纵队紧贴着道路右侧走。你通过最拥堵的路段。商店不见了。时不时经过几间房子。河在右手边。房子在路的左边。河堤从岸上的杨树出发向下延伸至水面，形成平缓的土坡。坡上长草的部分和黏土小路交错排列，天热的时候小路会龟裂，形成复杂的纹路，一个个向外膨胀的菱形紧挨在一起。有时会出现一些裂口，透过裂口几乎能看到深藏在地底下的火焰。河对岸的路边有一排杨树，杨树后面的小山丘上长着像菠菜一样绿的树，你看不清它们的形状。小山丘的最高处是黄杨农场。从下面看就是一座白色的小房子。就像歌里唱的那样，山上有一座／古老的小木屋。你从桥上过河，继续沿着桥的轴线方向朝黄杨农场走去。你走上一条蜿蜒、狭窄、没有铺砌的小道。你用脚刮擦地面，扬起白色的尘土。能看见农场的时候看不见河，能看见河的时候看不见农场。河越来越远，房子近了很多也变大了不少。农场周围没有黄杨木。农场的院子就是一块由泥土和细得像沙子一样的石子铺成的空地。你穿过院子，进入农场后面的森林。你走在一条有车辙的路上。队伍散了。你们朝各个方向跑开。雷娜·迪厄钻进了灌木丛，虽然老师不允许你离开小路。她把捡到的山毛榉坚果装进贝雷帽。你坐在路当中吃坚果。那是一种小小的四面体形状的坚果，它们有着锋利的尖刺和圆鼓鼓的表面。你花了很长时间去壳，得到几粒很小的果肉。你继续上路。森林里有山毛榉、角树、白蜡树、榆树、白杨树。走着走着会遇到一片白桦林，就像大森林里的小森林。前几年的落叶在灌木丛中形成一层厚厚的腐殖质，它们溢到路边和车辙里，形成一层薄膜，有的地方的腐殖质甚至覆盖了整个路面。腐殖质粘在鞋底上，得用树枝把它们刮下来。在灌木丛里甚至在小路中央都可以捡到树枝。它们看起来都像枯木。粗树枝可以用来做拐杖。你把上半身压在上面来测试它们的坚固程度。

折断的那些是软树枝，木头都烂了。你用小刀把榛树树枝砍下来做成木棍。只要掌握了技巧，甚至不需要小刀，就能利落地折下树枝而不带树皮的毛边，要的就是这种树枝，那些太有弹性、太锋利的树枝没办法让你徒手把它们撑在地上。折下的树枝越长越好。你把树皮削掉，让树枝变得更有弹性。你用它们拍打路过的树干。如果碰见了一根大到没办法加工的树枝，你就用力把它扔出去。你伸直手臂，瞄准一个方向，然后把它丢出去。你跟其他人比赛谁丢得远。老师走在前面。她在跟雅克利娜·马尔尚和弗朗索瓦丝·波米耶讲话，她俩从进森林开始就一直跟在老师身边。若西亚娜·富尔蒙、德尼丝·博姆、卡特琳·勒格朗、雷娜·迪厄往前跑，每个人手里都拿着一根树枝。她们弯着膝盖慢慢地往前进。雷娜·迪厄大叫一声，所有树枝一齐发射出去。雷娜·迪厄的那根从老师头顶飞过，扎进了她面前的地里。老师吓了一跳，她回过头，大喊着朝四个女孩走去。你脱下贝雷帽，撒腿就跑。你想把没法加工的树枝捡回来。你藏在老师、雅克利娜·马尔尚、弗朗索瓦丝·波米耶身旁树丛后面的小灌木丛里。当没有灌木掩护的时候，你匍匐前进，偷偷摸摸地爬到了路上，你喊叫着爬起来，冲向树枝。

老师又冲你大喊,但是所有人都已经拿到了树枝。你发现了一个积满了水的弹坑。它像一个小沼泽,边缘长满了地衣。薹草和琉璃繁缕的红色小花一直蔓延到水洼中央。你开始用棍子搅动水洼,它越来越浑浊,土从坑底往上冒。你飞快地搅动。其他人也加入进来。最终浑水变成了一种泥浆状的东西。那些原本在水面上不停打转,但是棍子一靠近就撤退的水黾消失了。它们有的飞走了,有的爬上了最近的树干或落在了灌木的一簇叶子上,还有的被搅进了泥浆里。在一堆枯树枝、带刺灌木的矮枝、冬青、野蔷薇、黑莓、被风带到各处的干树叶中,你发现了黄色的番红花、粉白色的嚏根草、紫色的仙客来。这些花不能用来做花束。它们的茎太短,没办法扎到一起。而且半中空的茎还很粗很滑。但你还是把它们摘了下来,茎在手里碎掉,手指一松,它们就一根一根地往下掉,花簇越来越小,最后被你丢在路上或灌木丛里。你在傍晚光线穿不过树林的时候回学校。你的手掌伤痕累累,手指上扎满了刺。你不能拖拉了。老师在一个劲地催。她贴着队伍,时而在前,时而在后。她说唱歌就不觉得累了。于是你唱歌,别哭珍妮特/你会嫁出去/你会嫁出去。你看不清路,树全黑了,有一半都静止不动。走出森林时，你看见金星挂在蓝色的天空上，太阳落下的那一侧已经暗淡下来。你沿着蜿蜒的小路走回河边。你把黄杨农场甩在了身后。远处山坡上的某个地方传来牛群或羊群移动时的铃铛声。你听见男人的呼唤声。山谷深处已经暗了下来。小河变成了一条没有光泽的黑线。你唱得越来越小声。雷娜·迪厄干脆不唱了。她旁边的卡特琳·勒格朗也只是不情愿地动着嘴唇。老师说，走，往前走，快，加快脚步。你不能直接回家。像安娜-玛丽·洛瑟朗就经过了自家大门。她说厨房和餐厅里亮着灯。她希望队伍停下。老师说没那个时间，得回教室拿书和本子，预习明天的课。拿完本子才能回家。老师生病了。一位叫拉波特的女士帮她代课。她不戴眼镜。她没有发髻。她不穿黑色的衣服。她有一双又大又圆的眼睛。她留着一头卷卷的短发。她涂着口红。她一直微笑。她说她一个人也不认识但是她有名单。我开始点名。听到名字的人就站起来，让我认识一下。你们一个一个站起来，站在课桌边。拉波特老师对每个小女孩都要微笑着注视一会儿，然后在名字旁边打钩。她边抬起头边说，很好，坐下吧。她让大家背诵地理课的课文。卡特琳·勒格朗站在黑板前。拉波特老师问，什么是江，什么是山，什么是海？卡特琳·勒格朗答不上来。谁都见过江。它比河大一些。拉波特老师似乎没有听见这个答案。是有水的地方。不，不是。江里的水会流淌，海的话，里面的水不会流。还是不对。拉波特老师对卡特琳·勒格朗说她没记住地理课上学的东西。拉波特老师微笑着，露出了所有牙齿。她说，江是一条最终会汇入海洋的大水流，而河虽然也是水流，但是它最终会流进江里。湍流呢？你能告诉我什么是湍流吗？是江的源头。不，不一定。拉波特老师再次微笑，她说，湍流是山间汹涌的、不规则的水流。她提高音量，强调汹涌和不规则两个词。卡特琳·勒格朗，你能告诉我为什么湍流是不规则的吗？卡特琳·勒格朗不知道湍流的流动方式，所以她没办法解释为什么它是不规则的。拉波特老师提到了融雪、冰川、大气降水和侵蚀。她每说一个词就停顿一下。停顿的时候她会短促地呼吸、叹气或者喘气。她微笑。卡特琳·勒格朗站在讲台和黑板之间等待拉波特老师把话说完。拉波特老师说这些知识点早就应该掌握了，毕竟这只是简单的复习。雷娜·迪厄举起手，还没得到发言的许可，她就大声说，老师从来不让大家背课文。课堂上没有一丝声响。所有人都看着拉波特老师。她示意雷娜·迪厄坐下。她对她微笑。你对你说的话很确定吗？她没有等雷娜·迪厄回答。她转向依然站在讲台和黑板之间的卡特琳·勒格朗。她好像没有听到雷娜·迪厄的大声抗议一般。她对卡特琳·勒格朗说，我再给你一次机会，再问你一个问题。你能告诉我什么是山谷吗？当然，卡特琳·勒格朗早就发现山有凸起的地方也有凹陷的地方。山谷是凹下去的地方。拉波特老师笑了。完全不对。有人知道答案吗？弗朗索瓦丝·波米耶举起手。拉波特老师示意她说话。弗朗索瓦丝·波米耶站在课桌旁，飞快地背诵起来。她说山谷是河流或冰川造成的洼地，河谷呈大 V 形，冰川谷开口更大，呈大 U 形。背诵过程中，拉波特老师频频点头，说，是的，是的，是的，就是这样。最后她说，很好，我给你满分。弗朗索瓦丝·波米耶等着拉波特老师让她坐下。所有人都看着她。拉波特老师对卡特琳·勒格朗说，我给你零分，她分开两瓣嘴唇，你看见淡粉色的牙龈，一个滚圆的零，她微笑着。她在成绩单上打了一个大大的零，拿起来给卡特琳·勒格朗看。没关系，你回位子吧。她轻轻地拍了拍她的脸颊。拉波特老师正在大声地朗读故事。书放在她面前的讲台上。她把双手交叠在一起。每当其中一只——右边那只需要翻页时，交叠的双手就会分开。她时不时地把书往前推一推。她几乎每说一个词就会抬一下头，在说下一个词的同时微笑着看向全班同学。她先看正对着她的学生，然后看右边的学生，最后看左边的学生。她低下头，再次缓慢地朗读起来。她张开嘴唇的时候嘴唇总会高过牙齿。你总能看见淡粉色的牙龈。拉波特老师的唾液黏黏的。它扒在牙齿上，牵出白色的丝线，或粘在牙上，或延展开，在下嘴唇停留片刻，然后像一根太紧或太松的橡皮筋一样断开，在嘴唇上留下一个白点。每次嘴巴闭上再张开，每次嘴唇纵向或横向分开的时候，都会牵出新的白线。拉波特老师的唾液淀粉酶太多了。故事读完了，拉波特老师让你造句，怎么造都行，只要跟刚刚听到的内容有关。刚刚的故事雷娜·迪厄一个字也没听。于是她双臂交叉放在空白的本子上。拉波特老师大声朗读德尼丝·博姆写在本子上的内容，以及安娜-玛丽·洛瑟朗写在本子上的内容。但拉波特老师没有读卡特琳·勒格朗写在本子上的内容，而是把她搂在怀里，拉波特老师把卡特琳·勒格朗整个人搂在怀里，这么大的女孩被这样直挺挺地搂在怀里，看起来很滑稽，拉波特老师就这样搂着她走过教室，还一边摇晃她一边微笑着说，我的宝贝，我的大宝贝。

老师说安娜-玛丽·洛瑟朗不来上课，因为她的弟弟死了，她说你们一起去看他，带上花。老师说，到了那里你们不许说话，不许乱动，你们去抱抱安娜-玛丽·洛瑟朗。你们两两并排。你穿过广场，广场中央有一片空地，空地上有一个奏乐凉亭，凉亭周围车水马龙。大家在楼梯上吵吵闹闹。楼梯上挤满了人。每级台阶上都站着人。你们还是两两并排站着。一次没办法让所有人进去。老师把整个班级分成两组。第一组先跟老师进去，另一组在楼梯上等待。你们推搡打闹，摔倒在地。老师大声维持秩序。你跟着她走进了安娜-玛丽·洛瑟朗的家。安娜-玛丽·洛瑟朗的母亲关上门。安娜-玛丽站在她旁边靠近门的地方。她俩谁都没哭。你来到弟弟所在的房间。这是一个没有头发、闭着眼睛的婴儿。就好像他没能睁开眼睛似的，像你不愿意收留的小猫。他躺在摇篮里，身上盖着白色的薄纱。旁边的小桌子上放着一个十字架，十字架旁有一杯装着圣枝的圣水。你们踮着脚尖，在房间里围成一个圈。老师压低音量，开始祷告，我们的天父。等她结束这段，她继续念道，万福玛利亚。你从天主圣母玛利亚这句开始一起念。老师从圣水中拿出圣枝，在摇篮上方画十字。她把圣枝递给旁边的弗朗索瓦丝·波米耶。弗朗索瓦丝·波米耶将圣枝浸入圣水，你们轮流在摇篮上方画十字。你前进。你后退。你们撞在一起。房间不是很大。但你们也没有发出很多声音。你看到安娜-玛丽·洛瑟朗的母亲把摇篮上方的面纱揭了起来。浓稠的鼻涕从死婴的鼻孔里流出来。母亲用手帕把鼻涕擦掉。她把吸水棉花塞进婴儿的鼻孔里，把它们堵住。塞好后，她又盖上薄纱。你慢慢后退，离开房间。你一边走出房间，一边看着死婴躺在白色的薄纱下，棉花从他的鼻子里跑了出来。你给另一半同学让位。你在楼梯上等着。你推搡打闹。你窃窃私语。你坐在楼梯上。你听见老师低声地背诵我们的天父和万福玛利亚。地是湿的，接近黑色。栗树的花在夜里落了一地。你看到每朵花里都有一些红色的细线，它们轻飘飘的，在黑色地面的映衬下白得像雪。韦罗妮克·勒格朗和卡特琳·勒格朗在花园里。韦罗妮克·勒格朗绕着蓬斯先生转圈。她对他说，蓬斯先生，蓬斯先生，你抓不到我。蓬斯先生在工作台前。他有很多工具，有的挂在墙上，有的放在工作台上，有锯木头用的锯子、锯金属用的锯子、圆盘锯、大大小小的手锯，有锉木头用的锉刀、锉金属用的锉刀、卡钳，有一把钻子，有各种尺寸和各种形状的钻头。还有钉子、螺丝、粘木头用的胶水，以及很多巨大的木块。韦罗妮克·勒格朗把所有东西摸了个遍。她用手掂量锤子的分量。她拧上又松开台虎钳。她摆弄钉子，把它们抓起来再让它们掉下去。她准备给工作台的台面钉上一排小钉子。她用锤子敲钉子，她握着锤头，方便发力。蓬斯先生正在用一整块木头雕一只神兽，他把木头夹在膝盖之间。他小心翼翼地雕出背上的鳞片。卡特琳·勒格朗试图沿着秋千的绳子往上爬。她想用腿和脚扒住绳子把自己往上撑，但绳子不够粗，提供不了足够的支撑力。她总是又滑回秋千板上。秋千在两棵大椴树之间。当你站起来让秋千晃动时，向后一仰头就能看见两棵树之间的天空。你去果园捡苹果。几块小块的土地上种着生菜。莴苣和苦苣。还有几簇欧芹和百里香。你得到批准，可以捡夜里掉在地上的苹果。有的苹果在树上的时候就已经烂了，但你不会马上发现，它们躺在草堆里，深红色、烂掉的那面朝下，藏得很深。你只看见苹果没坏的那一面，浅绿色的，带着一点粉或一点红，你把它捡起来，手指抓到了烂掉的地方。有的苹果在地上是因为里面被虫蛀了。这种苹果等不到成熟就会掉下来。虫在苹果里挖洞，一点一点地侵蚀它。它不再结实，一半被蛀空，就掉了下来。好苹果都还在树上挂着。你不能碰，因为它们还没熟。如果你用比风稍微大一点的力气摇晃苹果树，有时会掉下一两个苹果，树枝上会出现一道新鲜的绿色断口。韦罗妮克·勒格朗用一块废铁挖她在树下找到的苹果。虫蛀的洞被她越挖越大，直到整个苹果都塌陷下去。她把雕琢过的苹果排列在房子那面没有门窗的墙脚下。有些苹果上还带着一片一片的绿色果皮。韦罗妮克·勒格朗时不时咬上一口，有时只是机械地咬苹果，有时则会品尝它的味道。她蹲在墙脚下，用手里的废铁在地上画了一个矩形，这个矩形就是她的领地。她把挖过的苹果存放在那里。不一会儿蚂蚁开始向苹果进军。几个苹果已经被蚂蚁覆盖。韦罗妮克·勒格朗丢掉被她带在身上、准备带去别处的空心苹果，她一边尖叫一边奔跑，蚂蚁窝啊，蚂蚁窝啊。当你有了几个空罐子后，你就可以把各种各样的叶子浸在水里。你把丁香、荨麻、苹果叶放在一个罐子里浸泡。有的罐子只用来浸泡花瓣，玫瑰、郁金香、牡丹，用它们来做精油。你把罐子放在太阳底下暴晒，时不时地用棍子搅拌它。几小时后，水变成了温水，散发出某种气味。叶子和花瓣的溶解性很差。虽然你已经采取了一些预防措施，它闻起来还是有点像腐烂的味道。但是如果你坚持闻上一会儿，根据你放的东西，你还是能闻出苹果、玫瑰、郁金香这些不错的气味。你把罐子放进韦罗妮克·勒格朗画的矩形里。韦罗妮克·勒格朗在搭围墙，为了不让她的战利品受到坏天气的影响。这很费时间。得把在花园每个角落里发现的石头都运到韦罗妮克·勒格朗的矩形里。然后把石头按大小分类、排序。最大、最平整的石头用来铺墙基。因为大石头越来越少，所以墙越往上越窄。等石头都用完了，墙的高度也就定了。墙的最上面堆满了小石子和鹅卵石，它们看起来一点也不像盖房子用的石头，把整体效果都破坏了。因为没有水泥把各种石头粘在一起，所以墙并不牢固。韦罗妮克·勒格朗只好一遍又一遍地重新搭，忙得不可开交。一个地方搭好了，另一个地方又塌了。你用水浸湿红土，想用它来固定石头。你对自己说，这是黏土。但是红土一干就会风化，它们坚持不住，没办法停留在石缝里。于是石头便开始散架、歪斜，最后滚落，只要一块石头掉了，就会发生连锁反应，其他石头也会一块接一块地往下落。在一些成年大树旁边有一些树干又细又直的小树。它们三三两两地排列着。它们没有树荫，所以周围生长着野蔷薇，还有一片只到它们树腰的杂乱的小灌木。但小灌木还是比小女孩高。所以这里就成了卡特琳·勒格朗和韦罗妮克·勒格朗的森林。你在这里学爬树。你用手臂和大腿抱住树干，然后腰部发力，把身体往上拉。你蹭破了皮，坚持不到树顶了。你停下，你没力了。大腿和手臂的肌肉不听使唤了。你停在树上休息。你看着高处的树叶和树叶间移动的天空，试图让自己忘记疲倦。你试着继续往上爬，但上不去了，只能让自己顺着树干往下滑，直到碰到地面。滑下来的过程中你会碰到节疤和嫩芽。落地后腿上都是伤口。你用手把自己吊在树枝上。你前后摆动身体来获得动力，等时机到了就一下子把身体甩向树枝的上方。你前后摆动。一开始慢慢地，然后越来越使劲。有那么一刻，摆动的惯性太大了，你脱了手。你趴倒在荨麻中，光着手臂，光着小腿，光着大腿。当下不会有什么感觉，因为还没回过神来。等你意识到自己在荨麻里时，你赶紧站起来，但已经来不及了，血从各个地方冒出来，一阵灼烧感袭来，你感觉血从脖子从手臂从大腿上飞快地往下流。荨麻叶子底下的茎上长满了尖刺，你被扎得千疮百孔。你低头一看，到处都是水泡。老师跪在过道中间的跪凳上。全班同学都坐在她旁边的长凳上。你在做弥撒。

卡特琳·勒格朗的旁边是雷娜·迪厄。你坐着。神父还没来。雷娜·迪厄有几张像是用布做成的圣卡，卡片周围有一圈花边，就像祭台上的圣布一样。你用手指抚摸它。花边上的细齿像小旗子一样摇动起来。雷娜·迪厄把圣卡拿到眼前，透过花边上的小孔看卡特琳·勒格朗。她一边看，一边把嘴先向右咧再向左咧，露出牙齿和牙龈。老师只能监督到两排学生。你差不多在她背后的位置。穿着白祭袍的神父来了。他走到祭台前，跪了下去，一边说因父及子及，一边画十字。老师几乎与神父同步，从额头到胸前画了一个十字。你跟着老师说，阿门。神父说，我就要走近天主的祭台前。后面的话你就没有听到了。雷娜·迪厄把两颗你们要吃的糖的其中一颗滚到了长凳下面。你们费尽千辛万苦去找它。雷娜·迪厄先钻到前排的长凳下，在帕斯卡勒·德拉罗什和雅克利娜·马尔尚的腿之间移动，你听见她们用脚踹她而她用拳头还击。她回来了，没有找到，她看了看后排长凳底下。她倒退着往后钻。卡特琳·勒格朗拍了拍她的脑袋，让她回来。老师回了两次头，但什么也没发现。雷娜·迪厄在你坐下的时候回来了。她没找到糖。这次换更瘦小的卡特琳·勒格朗下去找。她往两侧和斜线的方向找，在雷娜·迪厄没去过的角落里找。她动作很轻。没有人发现她在下面，所以没有人踢她。她爬着爬着，手盖住了什么坚硬的东西，她抬手一看，是一块沾满灰尘的覆盆子糖粘在了手掌上。雷娜·迪厄把这块糖送给了卡特琳·勒格朗，自己把另一块吃了。你悄悄地玩让对方失去平衡的游戏，不让老师发现。你先用余光瞟对方，再瞄准，再用肩膀撞对方。玩着玩着，坐在长凳尽头的雷娜·迪厄摔在了过道上。落地的时候，你听见手拍瓷砖的声音。老师什么也没听到。你安分了一会儿，发现老师并没有转身。你小心翼翼地摘下帕斯卡勒·德拉罗什的贝雷帽，她的头发也跟着竖了起来。帕斯卡勒·德拉罗什伸手摸头，发现头上的贝雷帽没了。她迅速转身，扑向卡特琳·勒格朗，想把贝雷帽抢回来。你们拉扯、推搡、抓对方的胸和肩膀，但没有发出声音。卡特琳·勒格朗把帕斯卡勒·德拉罗什的贝雷帽从下面递给了雷娜·迪厄，雷娜·迪厄又将贝雷帽递给了身后的德尼丝·博姆。你听到三声铃响。祭台前，一个男孩穿着红袍，外面套着带花边的白色祭袍，他伸直手臂，摇着小铃铛，举扬圣体的仪式开始了。老师转过头看你是不是低下了头。每个人都把下巴贴在胸前。过了一会儿，你抬起头。侍童穿着米色羊毛袜和棕色高帮鞋。一根鞋带开了。红袍垂到刚过膝盖的地方。他又摇了三次铃,你再次低下头。举扬圣体的仪式结束后,德尼丝·博姆将帕斯卡勒·德拉罗什的贝雷帽扔过雷娜·迪厄的头顶,贝雷帽恰好落在老师身后的过道中央。帕斯卡勒·德拉罗什涨红了脸。她不想去那里捡贝雷帽,她摇了摇卡特琳·勒格朗,想让她去拿,帽子是你拿走的。她想去抢卡特琳·勒格朗的帽子。最后卡特琳·勒格朗大摇大摆地走过去捡帽子,然后大摇大摆地回到了位子上,自始至终都没被老师发现。她把贝雷帽还给了帕斯卡勒·德拉罗什。你听见神父说,除免世罪的天主羔羊。卡特琳·勒格朗发现弥撒快结束了,她还没有祈祷。她把头埋在手里,把指腹压在紧闭的眼皮上。你看见各种橘黄色、蓝色的环和红色的线从眼睛和眼皮之间闪过。你求主原谅你在做弥撒的时候一直在玩。这一刻你使出全身的力气爱主。你从张开的手指间偷看祭台。神父正在主持领圣体礼。你继续把头埋在手里。你听到神父说,弥撒礼成,你和老师一起说,感谢天主。又过了一会儿。雷娜·迪厄说,福音要结束了。你画了最后一次十字。老师站起来。弗朗索瓦丝·波米耶离开长凳,去帮老师收跪凳。老师拍拍手。所有人起立站在长凳前。你们两个两个往外走,经过祭台的时候行屈膝礼。雷娜·迪厄把腿往后伸得太多,险些栽在地上。河水泛滥了。水淹到了花园中央。两块田被水完全淹没了。父亲用木桩做标记,来估计漫水的情况。天还在下雨。连路对面的田也被水洼遮住了。因为土已经湿透了,所以水渗不下去。水洼在晚上结成了冰。田野上到处都是溜冰场。你从铁丝网下面溜进去。你把书包夹在腋下,在冰上滑行。你们相互借力来加快滑行的速度。你把右脚向侧前方伸去。当你有足够的速度俯冲时,你蹲下身子,把书包放在冰面上拉。韦罗妮克·勒格朗蹲着,雷娜·迪厄和卡特琳·勒格朗一人拉着她的一只手,在溜冰场上奔跑。珍妮·泰利耶摔倒了,头上磕了一道口子。你看见冰上有血。她用手帕按住头。手帕立马被染红了。德尼丝·博姆陪她回家。你去结了冰的田里探险。你钻过一张又一张铁丝网。雷娜·迪厄的外套被一段铁丝扯破了一小块。冰块堆积在一起,有的表面很光滑,有的错位了,还有的像岩石一样笔直地插入地面。冰上很滑,你小心翼翼地从一块跳到另一块上。卡特琳·勒格朗的一只鞋掉进了两块冰块之间的缝隙里。大家没有停下,所有人都走远了,只剩下卡特琳·勒格朗和韦罗妮克·勒格朗两个人。卡特琳·勒格朗趴在冰上，伸手去够鞋子。她够不着。她得沿着其中一块冰块滑下去。鞋子卡在下面了。旁边的韦罗妮克·勒格朗站在田里看着她。天快黑了。卡特琳·勒格朗终于把鞋子取了出来，把它套在湿漉漉、沾满泥巴的羊毛袜上。太阳下山了。天一下子就会黑下来。天气越来越冷。湿透的衣服粘在身上。像纸牌一样的平顶房屋已经离你很近了。为了回家，你得再次穿过每一片田野，再次钻过每一张铁丝网。卡特琳·勒格朗将铁丝网一张一张地举起来，好让韦罗妮克·勒格朗钻过去。你们手牵手走在国道上。你把所有需要烘干的衣物放在中央供暖锅炉前的阳台上。它们蒸腾出一团浓雾，散发出一股湿热的羊毛味。红色反光镜在自行车后部闪烁着，它跟随着坐垫上看不见的骑车人呈之字形摆动着。自行车像在原地踏步。过了一会儿，红色反光镜像是升起来了一般，在离地面几米的地方停下，然后突然冲向独自站在路上的卡特琳·勒格朗。人行道边的木栅栏和菱形铁丝网看起来就像一团团软塌塌的物体。房子在那后面很远的地方。在铁丝网和房子之间，在卡特琳·勒格朗和房子之间，有一片荒漠，荒漠中有一条小路，红色反光镜在小路上飘忽不定地移动着。下午你去了森林。你找到了长春花和黄水仙。你扎了花束，为了方便跑步，你把花束别在腰带里。你坐在空地上吃点心。你们围坐一圈。老师靠在山毛榉的树干上。你玩抓阄讲故事的游戏。你把小木条切成相同的长度，除了一根以外。老师把它们对齐抓在手里，让所有木条露出同样的长度。每个人轮流抽一根。安娜-玛丽·洛瑟朗抽到了那根比其他木条都要短的木条。她讲了一位公主被假母亲和假姐妹虐待的故事。这些女人又卑鄙又丑陋。公主又美丽又善良。公主没有资格参加舞会。她在头上插了一只鸡翅，在脖子上套了一圈洋葱皮，又穿上了厨师的围裙，她在房间里等待仙女的到来，仙女用仙女棒让翅膀展开，让围裙上的褶皱消失。安娜-玛丽·洛瑟朗的故事很长。老师一边听她讲故事，一边微笑着点头。树林暗了下来。老师对安娜-玛丽·洛瑟朗说，她可以明天在课上把故事讲完，因为得赶紧离开树林了，否则天黑之前到不了家。你站起来。你把腰带里的花束拿出来，花的茎被压碎了，花朵垂悬下来，失去了价值。卡特琳·勒格朗把向母亲借来的丝巾忘在了山毛榉树下，她向母亲保证过一定不会弄丢它。你站在雨棚下面。天已经完全黑了，只有太阳落山的那边还隐隐约约有一丝光亮。卡特琳·勒格朗突然大叫着说她想起来丝巾落在了山毛榉树下。她想马上回去找。她说她不会迷路，那条路她非常熟悉。老师不同意卡特琳·勒格朗这么晚一个人进森林。卡特琳·勒格朗说，我和雷娜·迪厄一起去，我们认识路。雷娜·迪厄说，对，对，走吧。老师说，我不允许你们去。老师说森林里有鬼，傻子才在这个时候进森林，晚上鬼会出来，如果雷娜·迪厄和卡特琳·勒格朗现在去，她们会死在那里。你不知道什么是鬼。你问老师什么是鬼。她说鬼是一个从坟墓里爬出来的死人，之所以知道他是死人，是因为他头上盖着裹尸布，他会刺穿你的喉咙，吸你的血。你笑了起来。但你不太确定老师是不是在说笑。你问她是不是真的。她说是真的。她说，因为有鬼，她晚上绝对不会去桑特森林。你问她是怎么知道的。她说她认识的一位先生看到了鬼。那鬼没吸他的血吗？没有，他之所以能逃脱，是因为他是个男人，而且他没有失去理智。当森林里没有人的时候，鬼会做什么？他等人来。万一没人来呢？他继续等。他有的是时间。雷娜·迪厄在卡特琳·勒格朗的耳边说，她的故事太扯了，我们走我们的。路上你们不敢大声说话。直到你们分开，谁也没再提起森林。雷娜·迪厄向左转朝教堂的方向走去。卡特琳·勒格朗继续直走,等走到国道再向右拐弯。前方的路上有一个反光镜在移动,像故事里诱发船难的海盗手里提着的灯一样。如果那其实不是反光镜呢?如果那是拿在死人手里的红烛呢?你也大可不必相信老师的鬼故事。可是老师说的时候很认真,就像真的一样,就像她真的很害怕一样。卡特琳·勒格朗停下了脚步。没有另一条回家的路。你必须头也不回地往前走,这是你唯一能够做的事,你必须克服障碍,因为身后学校的门都关了,雨棚底下和教室里面一个人也没有。卡特琳·勒格朗跑了起来,想赶快结束这一切。路上漆黑一片。你想到出了小路一进国道就会有两盏路灯便安心了一些。用不了多久你就会到那里,就会到有光的地方。卡特琳·勒格朗超过了一个骑自行车的老人,他在车座上摇摇晃晃,他踩得很慢,一定是为了保持平衡,他像停在原地一样,你只能看到前轮有时向左斜有时向右斜,这取决于老人在推哪一侧的车把。母亲说,这是什么鬼故事,她皱了皱眉头,好像卡特琳·勒格朗在撒谎一样,不,你肯定误解了老师的意思,鬼不存在,这才是老师想说的,她绝对不可能把相反的告诉你,稍微动动脑子就知道这个世界上没有鬼。看,母亲就是这么说的。老师点点头，眼珠向上向下向两边转动，然后说森林里确实有鬼。这下你彻底搞不清楚到底什么是鬼以及到底有没有鬼了。老师正站在教室门口和法比耶娜·迪尔的母亲讲话。法比耶娜·迪尔的母亲身材娇小，穿着一件海军蓝的外套，留着短发。你看不太清楚，因为老师把她挡住了。教室里，你们玩得很开心。你们相互扔橡皮。雷娜·迪厄把她的橡皮狠狠地砸在一块瓷砖上，大家赶紧趴下，以为瓷砖会碎成无数块小块。它没碎。老师转过身说，安静点。德尼丝·博姆半转过身坐在凳子上，好让旁边的帕斯卡勒·德拉罗什以及身后的雷娜·迪厄和卡特琳·勒格朗听见她在说什么。她说去舅妈家了。你们是开车去的她家。你跨过了边境线。那儿有一个湖。房子都是白色的，还可以看到水面上的白天鹅，有一只的脖子上有一块黑斑。你朝它们扔了面包屑。舅妈送给德尼丝·博姆一只机械熊，它穿着红裤子，转它背上的发条，它就会一边跳舞一边击鼓。所有人都很高兴。舅妈做了一个大蛋糕，还在上面画了图案。回家的路上，你经过一个山领，这个名字很有趣。山领是山的最后一段，是你能看见的最后一段。它在山的颈部，所以叫山领。山顶就看不见了，它藏在云里。从山领你可以看见下面湖泊的全貌，就像在地图上一样，你看到了很高的山，连勃朗峰都看到了，你同时看到了两个国家，可能还看到了山脉之间的另一个国家，那就是波兰。德尼丝·博姆很喜欢旅行。你中午和晚上都是在餐馆吃的。有一只狗跑过来在椅子旁边坐下，你把吃的放在指尖上喂它。狗坐在那儿，只要一把叉子放进嘴里，它的耳朵就会竖起来，腿也会直直地撑在地上。老师转过身大喊，安静。她听不清法比耶娜·迪尔的母亲在对她说什么。当你意识到老师说了句什么的时候，她就又转过去讲话了。法比耶娜·迪尔的母亲朝门框一侧跨了一步。老师赶忙跟上去，不愿意让出地盘。帕斯卡勒·德拉罗什依然侧着坐在凳子上，同时朝旁边的德尼丝·博姆以及后面的雷娜·迪厄和卡特琳·勒格朗讲话。她说，我弟弟百分之百确信如果他在大房间里跑来跑去的时候全速扇动上下臂，他就能飞起来。帕斯卡勒·德拉罗什快速上下扇动下臂，上臂翘在身后，就像一只肥鸡或者肥鸭。帕斯卡勒·德拉罗什坐在凳子上，好像随时都会起飞似的。你笑了。卡特琳·勒格朗在雷娜·迪厄身边哼哧了一声。德尼丝·博姆、帕斯卡勒·德拉罗什和雷娜·迪厄看向她。卡特琳·勒格朗扯着鞋带脱下鞋子。德尼丝·博姆、帕斯卡勒·德拉罗什和雷娜·迪厄看向她。卡特琳·勒格朗扯下羊毛袜，把光脚丫放在课桌上，你看着分开的脚趾和指甲。腹股沟得用力，脚才能保持在这个高度上。这只脚也许没那么干净，卡特琳·勒格朗没想那么多，她这样做只是为了让德尼丝·博姆、帕斯卡勒·德拉罗什和雷娜·迪厄哈哈大笑，但这个时候大家都收起了笑容。每个小女孩都坐正了，像要开始学习的样子。没有人说话。没有人在看卡特琳·勒格朗。卡特琳·勒格朗穿上袜子，然后穿上鞋子。也许这并不好笑，这就是为什么有个东西开始在卡特琳·勒格朗的身体里飞快地打转，等卡特琳·勒格朗系好鞋带，她觉得身体里面很重，那个东西停在眼睛后面，通过眼窝向外看，它被抓住了，除了卡特琳·勒格朗，它又还能是什么呢。夏天在草地上散步很舒服。老师指着每一棵树说我们来学识物。要学会辨别苹果树、李树、樱桃树，要能够区分燕麦、大麦和小麦。苹果树的树干从上到下平行地排布着深深的沟壑。它们看起来就像秋天刚翻过的田，是棕色的。树也是这个颜色。你面前有一棵又粗又老的苹果树。两根树枝呈叉状，你可以躺在上面。老师不允许你爬树。树皮的洞里有蚂蚁跑来跑去，有时还能看见排成长队的蚂蚁。苹果树的叶子又圆又糙。叶子毛茸茸的，尤其是背面，像是在绿色上涂了一层白色，奶乎乎的。老师说苹果树的花是粉色的。李树看上去没有苹果树粗壮。李树的树干比较光滑，接近黑色，从上到下布满了各种节疤和各种口子。李树的树枝有很多分杈，最粗的树枝的末端抽出了几根弯曲、柔软的萌芽条。没有真正交叠在一起的丫杈不够结实，不能躺在上面。老师说李树的花是白色的。梨树的叶子是细长形的，呈银绿色。梨树的树干跟苹果树的树干一样坑坑洼洼。老师说梨树的花是白色的。这些树里面最美的是樱桃树，尤其是结着樱桃的那几棵。它们的树干是笔直的，不粗。樱桃树看起来像马，因为你能感觉到树皮底下的血液像马一样奔腾。你没办法相信它们会一直扎在地上一动不动。它们的树皮是珍珠灰色的，像桦树一样细腻、柔滑。树枝分杈的方式、新枝固定的方式、枝条形成的整体，以及它们缠结在一起的方式都井然有序，像是经过了精确的计算。天空映衬着弧形的树枝，像法式花园里的拱形回廊，它直直地伸出去，构成几何形状，深绿色的叶子闪闪发光，它们不是很长，不是很窄，边缘有一圈细小的锯齿。老师说樱桃树的花是白色的。春天你就在花园里见过樱桃花了。花瓣落在黑色的泥土上，潮湿的树干跟泥土一样黑。你把花瓣捡起来。指尖沾满了水。树的四周有很多花瓣。有些花瓣还在光秃秃的树枝上，一簇一簇的白花就像一团一团垂悬的白雪。农作物比树更容易分辨。大麦的麦穗是纺锤形的，跟小麦的麦穗一样，但大麦的上面有又长又细的麦芒，比小麦的麦芒更窄、更轻。燕麦的麦穗呈羽毛状。就像一群在原地扑腾的飞虫，虫和虫之间始终保持着相同的距离。谷粒外面包裹着浅绿色的叶鞘，叶鞘外面是麦芒。草地周围有一圈树篱环绕的小路，给你一种在林荫道上走路的感觉。草地上色彩纷呈。草尖上带着非常淡的粉色，淡得透明。有的草长得像燕麦，有的上面带着蓬松的绒毛，还有的是麦穗的形状。草不用知道怎么辨别。你在草里走，草到你腰间。你想不留痕迹地走。但是你回头一看，身后的草地就像被刀子划开了一条裂缝。接着你看见金黄色的蒲公英花朵，有的地方金黄的花朵连成一片，让人怀疑阳光是不是不规则地照在了草地上。你推开木桩做的围栏，进入一片森林。木桩被带刺的铁丝松散地绑在一起。雷娜·迪厄说，钩在铁丝末端的毛发是野猪的。肯定是因为野猪跑得太快或者撞得太用力或者没有看到栅栏，毛发才被扯了下来。雷娜·迪厄说更何况野猪几乎什么也看不见。你好不容易从缠绕的铁丝中取出毛发,它们又硬又黑。你倒是想见见野猪。雷娜·迪厄说它很少从灌木丛或者矮树林的猪窝里出来。天很热。你走不动了。你流了很多汗。你的脸从红色变成紫色。你想着绿色的冰薄荷茶。你想着泉水。你想着小小的、冰凉的白色鹅卵石。你找不到水,听不见喷泉的声音。你在空旷的柏油路上行走。当你发现一片树荫或者房屋的投影时,你就停下来,待在里面乘凉。但乘凉也不容易,因为影子的面积越来越小,而且现在连影子里也很热。有个小女孩的上腭有个洞。做夜课的时候卡特琳·勒格朗就在她旁边。老师拉着她的手陪她走到一张凳子前,说这是新同学,要对她友好一点,她生病了,她的上腭有一个洞。每个人都想看看这个洞,老师让她张开嘴。你们围在她身边。卡特琳·勒格朗觉得在上腭中央看到了一些黄色和黑色的东西,但卡特琳·勒格朗其实没办法判断她是不是看到了新来的小女孩上腭上的洞。老师问谁愿意带她去做夜课,雷娜·迪厄和卡特琳·勒格朗说,我,为了上腭上的洞。祭台上摆着圣体显供架。神父跪在前面,他穿着底端带有齿形花边的白色长袍。圣体显供架是金的。这是一个太阳,它的光芒凝固成了半身像的形状。太阳的圆盘就是圣体。上腭上有个洞的小女孩跪在雷娜·迪厄和卡特琳·勒格朗之间。她有规律地张开嘴，似乎每次都需要把空气吸进肺里，有几次过了很久她才闭上嘴。卡特琳·勒格朗觉得就是在这个时候有种腐烂物或者粪水或者超出卡特琳·勒格朗认知的臭味从嘴巴里散发出来。最好把头扭开。小女孩闭上嘴的时候就闻不到那种味道了。雷娜·迪厄看着前方。她把念珠扔到了长凳底下。她够不着，因为念珠掉在了后面第三排的长凳下面。她倒退着钻进长凳底下。高年级学生对她拳打脚踢，她拿回了念珠，试着把缠在一起的珠子解开。你不知道那种气味是那个上腭有洞的小女孩散发出来的，还是你想象出来的，也许是一条狗或者一只猫在白天教堂大门敞开的时候溜了进来，在长凳下面撒了尿。之前做弥撒的时候你就见过一只狗进了教堂，一路小跑跑到祭坛跟前。你哈哈大笑。尤其是当狗停下来不知道该怎么办然后摇尾巴的时候。你还见过燕子从拱顶下面飞过，它们不停地飞，擦过墙脚的石头、墙基，你从下面看，以为它们要撞上了，结果它们还在飞，总能在最后一刻避开障碍物。你看它们的时候会把头向后仰，把脑袋紧贴在后颈上，保持尽可能长的时间，尤其当它们反方向朝门飞去的时候,你想知道它们能不能后退着飞或者爪子朝天飞。周四下午你在法比耶娜·迪尔家。你玩演戏的游戏。花园就是戏台。每个人都站在上面。法比耶娜·迪尔的弟弟扮演小男孩。法比耶娜·迪尔演小男孩的母亲。德尼丝·博姆演小男孩母亲的邻居。韦罗妮克·勒格朗演小男孩母亲的医生。卡特琳·勒格朗演小男孩母亲的神父。上学的时间到了。小男孩的母亲想把他扶起来,小男孩面朝下栽倒在了地上。很难让法比耶娜·迪尔的弟弟用正确的方式倒在地上。他直挺挺地站着,好几次你以为他要摔倒了,结果他却没摔。你向他解释说,要脸朝下一鼓作气摔下去。为了让他弄清楚是怎么回事,卡特琳·勒格朗绊倒了他。这下法比耶娜·迪尔的弟弟摔对了,脸朝下栽倒在了地上,他的额头撞到了树根,他哭了起来。于是你让他摔在草坪上,效果很好。现在他摔得停不下来了。摔倒的小男孩的母亲去找邻居,演示给她看小男孩是怎么站不住的。这个时候弟弟要趴倒在地上。母亲把他抱起来,放在神父面前。他还是不停地摔倒。无论把他放在谁面前他都不停地摔倒,没有人知道为什么。母亲又把他抱起来,放在医生面前。医生说,别哭,女士,我会治好他的。医生给小男孩听诊,也就是在这时他发现母亲给小男孩穿衣服的时候把他的两条腿放进了同一个裤腿里。你拉上窗帘,演员们自己鼓掌,但是没人喊安可。雷娜·迪厄在地上画了一个迷宫。她说一旦进去了就出不来了。所有人都进去了。你迈着很小的步子寻找出口。法比耶娜·迪尔的弟弟作弊,他跳过界线说,耶,我赢了。你告诉他既然这样就不和他一起玩了。你从头开始。你回到迷宫的入口。安娜-玛丽·洛瑟朗对雷娜·迪厄说她的迷宫有问题,有些线相交了,不是这样玩的。雷娜·迪厄试着更正了一些线,但最后她扔掉了棍子,说没有足够的空间来画真正的迷宫。你决定把它擦掉,重新画一个迷宫,这次把草坪也包括进来,草坪上的线条就用排列在一起的白色石子来画。你一把石子摆在草坪上,法比耶娜·迪尔的弟弟就把它们踢开。雷娜·迪厄、法比耶娜·迪尔、韦罗妮克·勒格朗、卡特琳·勒格朗、德尼丝·博姆追着他跑起来。你抓住他,把他放在一面高墙上,他自己下不来,开始哇哇大叫,两只脚交替拍打墙面。你把雷娜·迪厄的迷宫给两个不认识的小女孩看。法比耶娜·迪尔的母亲喊她们进去,说点心时间到了。法比耶娜·迪尔和你不认识的两个小女孩说话。她叫大一点的小女孩弗朗索瓦丝,叫小一点的小女孩雅克利娜。屋子里弥漫着肉桂和柠檬挞的味道。你脱掉外套。吃完点心,你又穿上外套出门了。小女孩里面年纪最大的弗朗索瓦丝提议比谁跳得高。她做示范,她把腿高高抬起,就这样跳上了墙。当她这么做时,你看到了她的外阴、屁股和屁股沟,因为她的内裤上全是洞。你让她再做一次看看。当她笑着转过头来看你的表情时,她满脸通红,无论你怎么坚持,她都不愿意再对着墙跳了。从历史课上课开始,老师就一直在讲查理大帝,他在公元八百年当上了皇帝。她说他在宫殿里建了学校,无论穷人还是富人的孩子都可以去那里上学。在历史书的彩色图片上,查理大帝穿着长袍站在一个穷人孩子的身边,手臂放在他的身后,孩子手里拿着卷轴,抬头看向查理大帝,也许在对他说话。之所以能看出那是穷人家的孩子,是因为他衣服的下摆跟地板并不齐平,查理大帝用没有放在穷人孩子背后的那只手的食指指着一个富人孩子,富人孩子衣服的下摆与地板齐平。老师说他看起来很烦恼,她说查理大帝在批评富人孩子,质问他为什么穷人孩子比他学得更好。查理大帝身后还站着其他孩子,他们前前后后地挤在一起,越往后越小。图片里没有女孩。老师说,虽然在图片里看不出来,但是查理大帝对撒克逊人发动了战争，撒克逊人的领袖是维杜金德。老师说维杜金德在这场战争中被查理大帝打败，查理大帝想让维杜金德信仰基督教，但维杜金德不愿意。老师说尽管如此，有一天他还是一个人去了一座教堂，在那儿他看见圣体显供架的圣体上出现了一个小孩，他跪下来，就这样信仰了基督教。老师说阿维尼翁总有真正的阳光和真正的蓝天。她向窗外望去，但你看见窗外正在下雨。她在地理课上说，一阵强风像穿过走廊一样吹过罗讷河河谷，卷走了桃树和杏树上的白花和粉花，但在这段时间里天空依然湛蓝。她说田边种着笔直的柏树和杉树，它们可以在风里保护庄稼，它们是深绿色的，它们朝风吹的方向倒去。老师摘下眼镜说，这是密史脱拉风。

你把枪拿在中间。如果有人从卡特琳·勒格朗的左边或者樊尚·帕尔姆的右边出现，他不会看见枪。只要其中一个人一边说话一边在枪管前面走来走去，让另一个人有时间把枪藏在背后就行了。你沿着河走。你半蹲着。你屈着膝走。等天完全黑下来，你就不会被发现了，除了樊尚·帕尔姆的白衬衫。你趴在草地上，因为磨坊家的女儿们踏过木板，朝错误的方向走了过来，她们本来应该往船闸的另一侧，也就是朝河的上游走，然后沿着那条改道的水流穿过田野回到磨坊，但是她们在往下游走，也就是朝你所在的方向走过来。她们背对着自己的家。她们回家以后会说她们看到樊尚·帕尔姆和卡特琳·勒格朗躺在田野上，中间摆了一把枪。现在你躲在一棵榛子树下面，它从河边长出来，一直延伸到草地。草是湿的。地是湿的。你听到旁边水流的声音，就像晚上躺在床上睡不着的时候听到的那种声音，那种白天听不到的声音。磨坊家的女儿又高又瘦。你不和她们一起玩。她们弯腰捡起草地上某个你看不见的东西，或者盯着某个你看不见的东西看。结束后她们朝磨坊的方向走去，从田野上抄近路。她们没有朝你所在的方向看。她们背对着你。等她们到家以后你才再次上路，继续沿河边走。你走过榛子树。樊尚·帕尔姆拿着枪。这次他把枪放在靠河的那侧。你在木板前停了下来。樊尚·帕尔姆把枪扔在草地上。你在河岸伸出去的地方挖洞，你把洞挖得尽可能圆，尽可能干净。一共挖了六个洞，彼此间隔很远。挖好以后可以从洞里看到河水。河岸下面因为河水的冲刷而凹了进去。你从口袋里拿出一根黄铜线，黄铜线上有你事先做好的扣环。你从黄铜线的一端开始缠绕扣环，这样就可以得到一个有点软也有点硬的铜环。缠完铜环还会余下一段铜线，你把它拽在手里。你蹲在洞旁。你等待着。当鳟鱼在洞里徘徊的时候，你小心翼翼地把铜环放进水里，用铜环去套鳟鱼的尾巴，但是不能碰到它，然后把环沿着鱼肚往上提，等差不多到鱼鳃的时候，猛地拉动铜线，就能把被铜线缠住的鳟鱼拉到草地上。卡特琳·勒格朗负责盯三个洞。樊尚·帕尔姆盯另外三个。天快黑了。河水比田野更亮。阳光打在河水上。一条鳟鱼停在樊尚·帕尔姆的一个洞的入口处。樊尚·帕尔姆把环放进洞里，猛拉铜线，把鳟鱼拉了上来。它在草地上扑腾，从一边翻到另一边。你看见它的鳞片在发光。它消停了一会儿，然后又跳了起来，跳了好一会儿。卡特琳·勒格朗的一个洞里停了一条鳟鱼。卡特琳·勒格朗把铜环放下去，套住鱼尾巴，沿着鱼肚把线往上提，鳟鱼感觉到了什么，飞快地撤退。卡特琳·勒格朗看不见鳟鱼的踪影了。她告诉樊尚·帕尔姆她刚刚让一条鳟鱼溜走了。樊尚·帕尔姆说，没关系，就当交学费了，鱼多的是。樊尚·帕尔姆抓到的那条鳟鱼从草地上猛地跃起，又摔在了地上。樊尚·帕尔姆正在给一条鳟鱼解绑。它太小了，他把它扔回水里。你听见它在河里的某个地方发出声音。樊尚·帕尔姆让卡特琳·勒格朗来帮忙。他把一条鳟鱼困在最靠近河的一个洞里。它太大了，樊尚·帕尔姆没办法把它从洞里拿出来。鳟鱼挣扎着。樊尚·帕尔姆趴在河边，把身体探出河岸。他想从另一头把鱼弄出来。他让卡特琳·勒格朗抓住他的脚。卡特琳·勒格朗抓着整个身体都伸在河岸外面的樊尚·帕尔姆的脚。卡特琳·勒格朗很难固定住他的脚，因为他不断地朝另一头用力。过了一会儿，你听见舅妈从河对岸喊你的声音，她站在屋外圆圆的灯光下，吃晚饭的时间到了。樊尚·帕尔姆一边咒骂着一边把挣扎着的鳟鱼带回岸上。樊尚·帕尔姆支起身子，挪回河岸。他坐在地上，两只手抓着还在挣扎的鳟鱼，鳟鱼一半的身体被铜丝缠住，又被樊尚·帕尔姆抓在手里。这是一条大鳟鱼。他把它和另一条鳟鱼一起放进衬衫，抱在胸前。你沿着河岸原路返回。你背对着磨坊家的女儿们之前走过的木板。你踏上另一边的木桥，活动的板条在脚下蹦跳。卡特琳·勒格朗绷着手臂，把枪拿在身侧，枪管贴在腿上，又冷又湿。樊尚·帕尔姆把鳟鱼抱在胸前。你小心翼翼，不让任何人发现，因为你做了不应该做的事。你在齐腰的木屑堆里。同一个木屑堆里有四个人。你在打牌。总是德尼丝·帕尔姆赢。樊尚·帕尔姆很生气。木屑堆几乎没到韦罗妮克·勒格朗的脖子。工作室里没有灯。外面正在下雨。田里的草比平时更绿。你看见森林前几排树都倒下了。韦罗妮克·勒格朗在木屑堆里丢了一张牌。在找这张牌的过程中，其他牌都掉进了木屑堆。旁边的卡特琳·勒格朗在木屑堆里挖洞找牌。她朝德尼丝·帕尔姆的脸上扔了一大把木屑。德尼丝·帕尔姆抓起两大把木屑,朝卡特琳·勒格朗扔去。你们开始用木屑打仗。要从木屑堆里爬出来很困难。为了瞄得更准,你站起来。韦罗妮克·勒格朗大叫起来,因为她越是想从木屑堆里爬出来就陷得越深。樊尚·帕尔姆扔过来的木屑全都进了她的眼睛。她终于爬了出来。工作室里到处都是木屑,你的头发里和口袋里也都是木屑。你决定等雨小一点就去偷苹果。德尼丝·帕尔姆说苹果还没熟。但你还是去了。森林旁边有一条路。路上没有浇柏油,布满了水坑和泥土。右手边是农田。为了到达苹果树,你必须离开这条路,在草地上走一会儿。你看见的第一棵苹果树上的苹果非常小,第二棵苹果树上的也一样。你又发现了一棵苹果树,上面结着普通大小的苹果。你走到树下,樊尚·帕尔姆使劲摇动树枝。树枝上的水都落在了你头上,于是你尖叫着跑开。一个苹果也没掉下来。德尼丝·帕尔姆说她都说了它们还没熟。于是你爬上树去摘苹果。树干黏糊糊的。鞋底在树皮上打滑。你装满口袋后就下树。你在树下,跺着脚,地很湿,脚底下发出啪嗒啪嗒的声音,草地就像一锅草汤。你分配苹果,把最青的苹果扔掉,把能留的全部留下。你回到工作室，身上全湿了，所以很冷。你又进了木屑堆。每个人面前都摆着苹果。你一边打牌一边吃苹果。韦罗妮克·勒格朗把每个苹果都尝了一小口。她决定吃第一个。苹果露在外面的部分因为口水和汁水粘上了很多木屑，韦罗妮克·勒格朗只好把苹果在身上擦了又擦，又舔了几下，然后才开始吃。咬苹果的声音此起彼伏。舅妈喊你吃点心。你一边跑一边朝第一个到达的人大喊。舅妈很生气，因为你把锃亮的屋子弄得到处是木屑。你只好回到工作室。过了一会儿，你的肚子疼了起来。你从木屑里爬出来，争着去上厕所。德尼丝·帕尔姆第一个跑到厕所，她迅速拉开门，插上插销。樊尚·帕尔姆和卡特琳·勒格朗紧随其后。韦罗妮克·勒格朗没有跑，而是用手捂着肚子走过院子。樊尚·帕尔姆、卡特琳·勒格朗、韦罗妮克·勒格朗开始不停地捶门。卡特琳·勒格朗和韦罗妮克·勒格朗走高处的路去农场。这条路穿过整个村庄，路边的房子比其他房子更高。也可以走另一条路去农场。卡特琳·勒格朗和韦罗妮克·勒格朗就是在走这条路的时候被袭击的。第一个障碍是大鹅。它们在路边的院子里，院子中间有一个喷泉，有时因为喷泉的一个角，更多时候是因为一辆废弃手推车竖起的推杆，又或是因为一堆粪肥，你不会立刻发现大鹅。有时候你以为它们不在那儿，但它们还是会排着队摇摇摆摆地跑出来，它们交替着双脚，带着鼓鼓囊囊的大腿、羽毛、肋骨、绒毛飞快地朝你跑来，它们伸长脖子，张大嘴巴，挤在一起，鸣叫着，你只能扑向它们，用更大的音量朝它们喊叫，吓唬它们，它们非但不退后，反而朝你扑过来，叫得比之前更大声。你做出要踢它们的样子。它们后退几步，发出嘎嘎的声音。但是你一转身，它们就用尖嘴使劲戳你的小腿肚。你飞奔着逃离那里。接下来是狗。首先是一条黑白相间的捕鼠犬，它长着尖脸、尖耳朵和小眼睛。它在一条过道里，过道临街的门总是开着。它藏在阴影中。它等你靠近，然后突然冲出来狂吠，你转过身来吓唬它，踢它的脸，它呜咽似的嚎着，等你一转身，它便不动声色地给你的小腿肚来上一口。第二条狗也是条捕鼠犬，它全身乌黑，比第一条更小更敏捷。它不会朝你叫。它通常窝在手推车下面或者趴在靠墙的阴凉处。你经过的时候它不会抬头，但就算你用跑的，小腿肚还是逃不过它的獠牙。当韦罗妮克·勒格朗和卡特琳·勒格朗走村庄高处那条路时，除了鹅和狗的袭击之外，还会有几个小男孩在她们经过的时候拿着荨麻从旁边蹿出来。韦罗妮克·勒格朗和卡特琳·勒格朗穿着短裤，要是不从他们手上夺过荨麻，荨麻就会打在你裸露的小腿和大腿上。他们人数更多，所以不管怎样你的身上都会起很多水泡，也不知道是怎么回事。于是你买了小刀，准备走村庄中间那条路吓他们一跳。他们蹲在墙后头，等着你从另一头出现，你悄悄地从他们背后靠近，用小刀攻击他们。韦罗妮克·勒格朗和卡特琳·勒格朗握着打开的小刀。韦罗妮克·勒格朗用左手握着打开的小刀，因为她是左撇子。卡特琳·勒格朗用右手握着打开的小刀，因为她是右撇子。所以她们可以并排地向前移动，屁股贴着屁股也不会妨碍对方，刀在两个人的外侧。要吓到他们没有那么简单。韦罗妮克·勒格朗和卡特琳·勒格朗一来到他们身后，他们就举着荨麻转过身。他们看见卡特琳·勒格朗和韦罗妮克·勒格朗手上拿着刀，喊了一些你听不懂的话，然后跳到你身上，把所有荨麻一下子扔在你的脸上、小腿上、大腿上，扔完便逃走了。母亲没收了小刀，因为男孩跟他们的父母告了状。你在农场前面。帕斯卡勒·弗罗芒坦和舅妈在厨房里。你和皮埃尔-玛丽·弗罗芒坦以及皮埃尔-玛丽·弗罗芒坦的山羊在一起。你想和山羊打闹，它低着头冲向你的肚子，你躲开。你抓住山羊角长出来的地方，它的前额又硬又凹凸不平，像一座用肉和骨头堆成的小丘，上面覆盖着几撮特别厚的卷毛。你趁它不注意把它往后推，它的屁股撞上了谷仓门，这一下子激怒了它，它低着头冲过来，你惊险地闪到一边，躲开了羊角。你跑上楼梯。山羊只能用前蹄往上爬。你站在比它高两级台阶的地方嘲笑它，用两只手来回戏弄它，它只能用羊角一个劲地朝天上乱戳。你双脚并拢跳到粪肥上。粪肥上齐整地划出了一道道棱。你踩在上面。你再次并拢双脚往前一跳，粪肥没过了脚踝，又干又热，稻草的味道尤其明显，经过雨水和动物粪便的浸渍，它们的触感变得十分柔软，这是你喜欢的味道，皮埃尔-玛丽·弗罗芒坦跳得比谁都高，你从木板车的空板上往下跳，皮埃尔-玛丽·弗罗芒坦双脚并拢跳进了粪坑，他的小腿甚至大腿上都溅上了棕得发黑的粪便。舅舅要带奶牛去喷泉喝水，你跟在奶牛后面。舅舅说等它们喝饱了可以让你把它们牵回来。卡特琳·勒格朗把奶牛牵回牛圈。它们喝了很久的水，脸浸在水里，等它们不那么渴了以后，它们在水面附近小口小口地嘬水，从嘴巴挂下长长的口水，不停地抚过水面。喷泉边缘闪闪发光。那是用孔布朗希安石灰石做的，用久了会出现铜绿。接触水面的喷泉壁因为附着上了黏稠的、毛茸茸的、几乎是液态的苔藓而变成了绿色。有人说喷泉里会长豆瓣菜，但这儿没有。卡特琳·勒格朗手里拿着只有一根鞭条的鞭子。等牛喝完水抬起头，你要轻轻地松开鞭条，用它抚过牛屁股。如果猛地抽它或者把鞭条甩得噼里啪啦响，牛就会突然站起来，头伸得直直的，角抬得高高的，一路跑过牛圈。用鞭子抽牛是行不通的。比如，卡特琳·勒格朗追着一头牛跑，牛一转身，甩掉了她，当红着脸、气喘吁吁的卡特琳·勒格朗正准备用手摸牛让它回到路上的时候，它嗖溜一下就逃走了。它一边等一边在沟里吃草，它假装自己被追上了，假装没有发现有人靠近。结果你一来到它身后，它立马直起身子，向前一伸，向上一跳，在路上小跑起来，速度不快，让你能够跟在后面，让你觉得能够追上它，这样你就不会马上放弃。这是牛的圈套，因为这种状态可以持续好几个小时。卡特琳·勒格朗用手抚摸牛的两侧和屁股，等牛喝完水，卡特琳·勒格朗轻轻一按，牛便掉头回牛圈了。卡特琳·勒格朗把鞭子夹在腋下，模仿舅舅的样子。等所有的牛都回了牛圈，卡特琳·勒格朗就在牛圈里看它们吃草。食槽里堆满了新鲜的苜蓿、野豌豆、三叶草、黄花和粉花，它们在牛嘴里被咀嚼、碾压。后面的牛躺下了，肚皮均摊在脊骨两侧。卡特琳·勒格朗发现可以躺在牛身上。卡特琳·勒格朗整个人瘫在牛身上，它很软，你会往下滑，这时可以抓住牛脖子，它既坚硬又温暖，你在牛的两侧打滚，它闻起来很香，是温暖的稻草和新鲜的粪肥的味道。韦罗妮克·勒格朗想躺在牛身上，皮埃尔-玛丽·弗罗芒坦想躺在牛身上，帕斯卡勒·弗罗芒坦想躺在牛身上。你们轮流躺在牛身上，牛任由你躺上去，时不时发出一声哞叫，转头看向你。你在火药房的屋顶上。由于灰尘和阳光，道路白茫茫的，两边的苹果树和草带把它夹在中间。一位老妇人弯着腰在路上走，她穿着深色衣服，也许是黑色的，从这里分辨不出来。她向左拐进一条土路，因为树把田野遮住了，她也就从视线中消失了。你拆下屋顶上的铅板、螺母周围的圆形金属片、垫圈，所有连接金属覆盖物的东西。金属因为暴露在阳光下而开始发烫。你扯下、割下所有可能是铅的东西。拿在手里的铅已经开始变软。你想到了刚刚做好的土窑。它是用黏土或者泥炭做的。这两种土中的其中一种在高温加热的情况下只会在表面产生裂痕。你做了几个形状类似、又矮又坚固的土窑，但是没有东西给你烧。樊尚·帕尔姆说铅是最容易找到的金属，也是最容易熔化的金属。你把从火药房房顶上搜集来的铅放进土窑，让它们熔化。等温度升高到一定程度，铅像火山熔岩一样展开，你用钳子和勺子去摆弄它，把它捏成各种形状，再把它放到草地上冷却。等它开始在草秆之间凝固时你就把它拿起来。你想用它做武器。它做不了武器，做武器得用合金，铅太脆弱了，手能拧它、折它，它没有刚性。但它可以做投掷物，炮弹、手榴弹之类的。于是你们把又热又软或者又冷又硬的铅弹投向对方。战争就这样打响了。每个人选好自己的武器。两军在草地上对垒。这片草地就是你的战场，前有河，后有森林，除了战斗别无选择。樊尚·帕尔姆拥有一支规模虽小但训练有素的军队，他们是红方。德尼丝·帕尔姆的军队大喊着必胜。你叫喊着，你踏过小路，你回头看身后的情况，你仔细观察然后评价每个人手里的武器，你在想是不是应该像樊尚·帕尔姆那样拿一根长木桩而不是拿一把用灌木做的容易断的剑或者劣质的矛，但至少你的口袋里还有很多手榴弹，你看到韦罗妮克·勒格朗拿着一把弓和几支箭，你在想这是不是比樊尚·帕尔姆的木桩还要厉害。你喊着为了上帝和荣耀，樊尚·帕尔姆喊着虽败犹荣。你们扭打在一起，扑向对方，奋力还手，不知道谁会赢得这场战斗。屁股翘在空中，头撞在一起，大腿啪啪作响。卡特琳·勒格朗在混乱中掉到了一坨新鲜的牛粪上。所有人向后退，决定重新开战。洗干净的卡特琳·勒格朗决定取代德尼丝·帕尔姆成为新的将军。这次每边的将军都有一个哨子，吹哨之后才能发动进攻。樊尚·帕尔姆吹了一声短哨。卡特琳·勒格朗也吹了一声，但是比樊尚·帕尔姆慢了一些，所以樊尚·帕尔姆的军队在卡特琳·勒格朗的军队接到进攻命令之前就已经开始攻击卡特琳·勒格朗的军队。重新来过。一边是樊尚·帕尔姆和德尼丝·帕尔姆，另一边是卡特琳·勒格朗、韦罗妮克·勒格朗和雅尼娜·帕尔姆。你冲向敌军。路易·塞孔跑过来，说他是将军。他加入了樊尚·帕尔姆那边。你听见痛苦的叫声。雅尼娜·帕尔姆弯下腰，抱住小腿。韦罗妮克·勒格朗的眼睛被木桩戳了一下。德尼丝·帕尔姆不玩了，骑着自行车走了。士兵走了大半。战场上只剩下三名将军。路易·塞孔和樊尚·帕尔姆决定俘虏卡特琳·勒格朗。卡特琳·勒格朗朝正前方逃跑。樊尚·帕尔姆和路易·塞孔堵住了桥上的去路。只剩下森林一条路。卡特琳·勒格朗在灌木丛中奔跑。

蓝莓、黑莓、树苗之类的矮灌木很碍事。路易·塞孔和樊尚·帕尔姆在后面追。树底下很冷。但是卡特琳·勒格朗感觉到两边的脸颊淌下汗水，衬衫贴在背上。路易·塞孔和樊尚·帕尔姆跑得很快，眼看就要追上了。他们就要抓住卡特琳·勒格朗了。卡特琳·勒格朗进了一片比她还高的黑莓和覆盆子荆棘丛。黑莓的刺最锋利。腿被扎得很疼，立刻就流血了。你没办法回头。两个男孩面对荆棘丛踌躇不前。卡特琳·勒格朗趁机拉开了距离。樊尚·帕尔姆追上去，想把卡特琳·勒格朗困在荆棘丛里，路易·塞孔去另一头候着他们。卡特琳·勒格朗就这样被俘虏了，两只手被皮带绑在背后，就这样被带回了战场，樊尚·帕尔姆和路易·塞孔也不喊虽败犹荣了。卡特琳·勒格朗被绑在树干上。路易·塞孔想到了一个好主意，他从河边拔了一大根荆条，从上到下用力地抽打卡特琳·勒格朗露在外面的大腿和小腿。你决定拆掉那块会随着水流上下移动的大金属板，它的作用是让河里的水能够流进磨坊。你准备用它建一个水坝。樊尚·帕尔姆和卡特琳·勒格朗去金属板那边看它是怎么被固定在河两岸上的。樊尚·帕尔姆和卡特琳·勒格朗在潮湿的草地上匍匐前进。你穿着凉鞋，腿露在外面，一半没进了草里。

一有被发现的危险你就贴在地上,潮湿的草透过衬衫浸湿了你的胸口,樊尚·帕尔姆的衬衫敞开着,皮肤直接接触潮湿的草地。你悄悄地往前挪动。你小心翼翼地沿着乔木和灌木爬,因为樊尚·帕尔姆的白衬衫太显眼了,从磨坊那边能看到它,从河的另一头能看到它,从两座桥上还是能看到它。你必须贴着深绿色的树篱,前进的时候肚子必须始终贴在地上。卡特琳·勒格朗比较隐蔽,因为到了夜里她的红格子衬衫从远处看就是黑色的,但樊尚·帕尔姆说要以防万一,所以每次他趴下去的时候卡特琳·勒格朗也会趴下去,你们互相用胳膊肘提醒对方。研究船闸金属板的时候必须非常小心,之所以叫它船闸,是因为你喜欢这么叫,但它其实不是船闸,因为它没办法调节高度,金属板的作用只是控制河水进入磨坊,但大体上还是跟你在莱茵河上看到的船闸很相似。金属板固定在两侧河岸的金属柱子上,两根金属柱又通过第三根金属柱相连,类似绞刑架的结构。就算把螺丝全部拧下来,两个人也搬不动金属板。你决定多叫些人来。樊尚·帕尔姆跟几个男孩商量了一下,他们愿意晚上十一点来跟你做这件事。卡特琳·勒格朗和樊尚·帕尔姆从床上爬起来,穿好衣服,没有开灯。你们在楼梯下会合。樊尚·帕尔姆带着火柴。在砂纸上擦火柴的声音很大。你没有趴在地上爬到河边,因为这个时候外面一个人也没有。你坐在河岸边的草地上。你等待着。你的屁股湿了。你继续等。过了一会儿,你的肩和背也变得湿漉漉的。没有人来。你有扳手、平口钳、顶切钳和锤子。你拧着柱子中间的一颗螺丝。它可真不好拧。螺丝头很大,整根螺丝都生锈了,它看起来已经在这儿很长时间了。你又在草地上坐了下来。一个男孩也没来。你在草地上昏昏欲睡,想着其他人现在都在床上睡觉。樊尚·帕尔姆很生气,他站起来说那些蠢货不会来了,说又跟上次一样,上次樊尚·帕尔姆和卡特琳·勒格朗在夜里轮流独自去了森林旁田野里的墓地,其他人一个人都没去,那些蠢货后来说是因为有鬼火。卡特琳·勒格朗说,明明都跟他们解释了,那是化学反应,他们还坚持说那是死人。又过了一会儿你决定回家睡觉。你走在森林边缘的草地上。你看见冷杉树的树干被阳光照得发蓝,高处的树枝在蓝色的背景下织出绿色的网络。你看见另一种颜色的光,它接近云母的颜色,但是更鲜艳,几乎是橙色。阳光穿过树干,投射出一条条看起来是实体的光柱。树在地上形成一个个相互平行的圆柱体,长长的直线并排向前伸展，各种光线、光柱、光锥均匀地穿插在树与影的结构中，形成与树干相当的体块。为了不惊动野兔，你静悄悄地走着。你想看看野兔在草丛里睡觉的样子，因为草丛比灌木丛凉快，所以它们在草丛里打了洞。要是你吵醒了一只，还没等你到洞口，它就已经扑扇着耳朵逃跑了，所以不管你怎么小心也看不到它睡着的样子。走了一会儿，樊尚·帕尔姆停下脚步，同时伸出手臂，示意卡特琳·勒格朗也停下。一条蛇正卧在草里晒太阳。它很短，松松地盘绕着。樊尚·帕尔姆靠近它，用拇指和食指在它头后一掐。蛇挣扎起来，但它已经脱离了地面，现在来到了卡特琳·勒格朗的手中，卡特琳·勒格朗看着蛇的舌头飞速地进进出出，问樊尚·帕尔姆要不要把蛇还给他，樊尚·帕尔姆笑着说，这是抓给你的。蛇试图从卡特琳·勒格朗的指间溜走，她不知道该怎么握住它，差点把它放走了。过了一会儿，她把蛇缠绕在左手手腕上，然后把手腕缩进衬衫袖子，蛇因为太热而把三角形的头伸出来，停在她的手掌上，不动了，等它又想溜走时，卡特琳·勒格朗就把手指弯过来贴住手掌，挡住它的去路。樊尚·帕尔姆在地上吐了口痰，说找不到东西给它吃。你开始找蚂蚁。樊尚·帕尔姆说，蛇喜欢吃红蚂蚁，你在草丛里寻找凸起的蚁巢，这样不仅能找到蚂蚁还能找到蚁卵。你找不到红蚂蚁，只找到了黑蚂蚁，但蛇不愿意吃黑蚂蚁，你把黑蚂蚁放在蛇面前，又把它们放在蛇的舌头上，任凭舌头进进出出，蛇就是不把蚂蚁吃进去。樊尚·帕尔姆说，这是条小蛇，它不吃是因为害怕。卡特琳·勒格朗说它不吃是因为它不喜欢蚂蚁。你觉得它会吃蝌蚪，樊尚·帕尔姆说他知道去哪里找蝌蚪。得沿着国道走到村庄的另一头。你经过市政厅和学校。学校大门两侧的墙上一边写着女子学校，另一边写着男子学校。市政厅和学校前有一个广场，广场上有一座烈士纪念碑，教堂在另一边。你看到远处的树下有粉红色的砾石，树上长着大而艳丽的树叶，当你沿着市政厅和学校走时，透过右边梧桐树的叶子，可以看到建筑物红色的砖块，就在主枝下面。长椅上刷着绿漆。如果把女人们排成一排，有的侧坐，有的正坐，有的站着，有的坐着，那就成了保罗·高更的市场。国道上的柏油熔化了，没有一点树荫。你流着汗。樊尚·帕尔姆红着脸。卡特琳·勒格朗紫着脸。商店里空荡荡、黑黢黢的，门前长长的遮阳木帘没有传来珠子相互碰撞的声音。你磨蹭着。你在下水道附近停下来。你在找装蝌蚪的空罐子。村子里一个空罐子也看不见。明明之前在国道上玩的时候踢过空罐子。最后你在村口的牌子后面捡到了一个，它陷在土坡里，因为它的颜色不明显，你差点错过了它。你来到废弃的喷泉旁。一丝风也没有。给喷泉供水的泉水已经变成了死水，池里接了最近几场雨的雨水。池壁因为积水而发绿。池里有的蝌蚪还处在发育的第一阶段，它们晃着大尾巴游动着。像精子一样。另一些蝌蚪已经有了小青蛙的外观，当你在水面上投出阴影时，它们会用四肢游走。你选择了发育程度最高的蝌蚪，因为它们个头最大。你把手伸进温热、浑浊的水里捞蝌蚪。片刻之后你什么也看不见了，因为泥浆上升到池水表面，扩散到整个池里，悬浮在水中。你拿出手。你等水变清。你用一根棍子去捣泥浆，但是不让它往上升，你就这样把躲在泥浆里的蝌蚪赶出来。你把蛇和一只蝌蚪放进水槽里，什么也没发生，就算你把蛇的嘴巴放在蝌蚪上也没用，蛇跟瞎了一样。不过蛇很激动。蝌蚪也很激动，它冲向水槽光滑的壁，被撞了回去，又再次冲向槽壁。突然，蛇感知到了气味，它僵住身体以便确定蝌蚪的位置，它用身体围着蝌蚪绕圈，最里面那个由蛇头和蛇颈构成的窄圈困住了蝌蚪。蛇就这样张大嘴巴吞下了蝌蚪，蝌蚪的后腿还在抽动。蛇嘴在跟挣扎中的蝌蚪缠斗，蛇把蝌蚪咽了下去，你看到蝌蚪卡在蛇的喉咙里，它还在动，蛇肚上的鼓包不断前移。蛇看起来很疲倦。但是当你把另一只蝌蚪放在它面前时，它还是僵住了身体。蛇连续吞下了十只蝌蚪。是蛇的嗅觉让它在多次爬行和摸索后抓住了蝌蚪，你看到它的舌头还在水槽的瓷壁上探着。你没有蝌蚪了。你去找舅妈。卡特琳·勒格朗把蛇缠在手腕上。她坐在饭桌上。卡特琳·勒格朗忍不住拉起衬衫袖子展示她的蛇。饭桌上的每个人都尖叫起来。推椅子的声音此起彼伏。卡特琳·勒格朗说这是条好蛇，她把蛇绕在脖子上来证明这条蛇有多好，但她还是被推到了门口。卡特琳·勒格朗没能获得在屋里养蛇的许可。蛇被放在戳了洞的鞋盒里，鞋盒被放在院子里。卡特琳·勒格朗睡不着，她总觉得会有人去偷蛇，所以她从床上爬起来，光着脚去院子里找蛇。她感觉风干的狗屎在脚下裂开。卡特琳·勒格朗在被子上蹭了蹭脚然后钻进被窝。她一躺下就在黑暗中找鞋盒。卡特琳·勒格朗打开盒盖，用指尖在里面摸索，她碰到了蛇盘绕的身体，于是她把蛇展开，把它拿到头上，让它陪自己睡觉。卡特琳·勒格朗让蛇缠在手臂上，把手臂直直地伸出去，以免睡觉时身体压到蛇。一直坐在桌上很累人，你前后摇晃椅子。桌上有樊尚·帕尔姆、德尼丝·帕尔姆、雅尼娜·帕尔姆、韦罗妮克·勒格朗、卡特琳·勒格朗。韦罗妮克·勒格朗在用面包屑做小人。她朝上面吐了口口水，把面包屑捏均匀。韦罗妮克·勒格朗先做了一些小球，用来当小人的头，她把小球码放在桌子边缘。你看着她在椅子上前后摇晃身体。韦罗妮克·勒格朗接着做了一些比较大的球，再把它们捏成椭圆形，这就是小人的身体。韦罗妮克·勒格朗把每个身体和每个头贴在一起。她往身体和头上吐口水，把它们粘在一起。她又把火柴插在身体上，做成手和脚。可惜这些小人站不住。雅尼娜·帕尔姆飞快地从韦罗妮克·勒格朗手中抢过一个小人，让它沿着自己盘子的边缘走。韦罗妮克·勒格朗很生气，想从雅尼娜·帕尔姆手里把小人抢回来，她说，你自己做一个好了，把我的还给我。这时，雅尼娜·帕尔姆俯下身子，用身体护住盘子，而她手里的小人正迈着僵硬的步伐在土豆泥中前进，留下像鸟走过沙地般的痕迹。最后，雅尼娜·帕尔姆把小人推进土豆泥最厚的部分，土豆泥没到了小人的肚子，小人站住了。韦罗妮克·勒格朗看着雅尼娜·帕尔姆把小人往盘子前推，她斜过身去，差点抓到了小人。雅尼娜·帕尔姆双手握紧小人，用手肘去挡韦罗妮克·勒格朗。当韦罗妮克·勒格朗试图掰开雅尼娜·帕尔姆的手指时，手掌里的小人被捏碎了。德尼丝·帕尔姆也抢走了几个用面包屑做的小人，韦罗妮克·勒格朗大叫着阻止别人拿她的小人，但现在她的小人全被拿走了。你把韦罗妮克·勒格朗的小人扔到其他人的脸上。韦罗妮克·勒格朗捡起掉落的小人，也开始把它们往樊尚·帕尔姆、德尼丝·帕尔姆、雅尼娜·帕尔姆和卡特琳·勒格朗的脸上扔。突然，樊尚·帕尔姆抓起盘子，把还在冒热气的土豆泥扔到了德尼丝·帕尔姆的脸上。你一边笑一边看着德尼丝·帕尔姆，她尖叫着揉眼睛，脸上全是土豆泥，连头发里都有。她也抓起自己的盘子，把热土豆泥扔向樊尚·帕尔姆，樊尚·帕尔姆往下一缩，一大摊热气腾腾的土豆泥砸在了他身后的墙上，顺着墙往下淌。父亲们和母亲们很生气，你透过敞开的门，看见坐在另一张桌子上的他们把椅子推开，站在桌子旁大叫，现在每个人的脸上都沾满了土豆泥。你跑去卫生间洗漱。你在洗脸池前打闹。你用拳头打别人的背和脸。卡特琳·勒格朗拿着牙膏追着樊尚·帕尔姆跑。你看到他跳上床。卡特琳·勒格朗跳到他身上，跨坐在他的肚子上，把牙膏挤在他的脸颊、耳朵、脖子、后背上，然后沿着颈椎把手伸进衬衫，把牙膏抹在他的背上。樊尚·帕尔姆在床单上滚来滚去，想把牙膏擦掉。卡特琳·勒格朗还在他身上不放过他，直到挤空了一管牙膏才跑开。你去麦田里找苹果。你穿行在成熟的、淡黄色的麦穗之间。你在麦秆中爬行，不让头超过麦子的高度。你听见隔壁的田里有人在收麦子。你时不时地抬下头，看见眼前大片的麦穗，看见你想要到达的苹果树和树上的红苹果。你看见男人和女人正在割麦子，一道明晃晃的光线从麦秆底部划过，一大片麦子便像水一样静静地倒下了。你停下来休息。你坐在地上。你被麦秆包围了，从下面看，麦穗很大，后面是天蓝色的背景。罂粟花低垂在软塌塌的茎上，有的甚至打了转儿。矢车菊的茎比较硬。站起来的时候你看见另一块田里的人头上戴着像手帕一样的白色头巾和草帽。你继续朝苹果树爬去，树周围的麦子比较稀疏，留下了长草的空间。你悄悄地爬上了树，小心不引起任何割麦人的注意。下树后你开始分苹果。你坐在树脚下。每个人都一言不发地开始吃第一个苹果。圆圆的苹果上出现了牙印和开裂的果皮，有的地方没有咬干净，果皮还残留在果肉上。你把剩下的苹果放进衬衫,抱在胸前。你又开始在麦秆间爬行。爬了一会儿,你稍稍抬起身子,看见一个戴鸭舌帽的男人朝你走过来。于是你拔腿就跑,不顾隐蔽的问题。为了跑得更快,你不时扔掉几个苹果,因为苹果拿在手上太碍事了,跟罂粟花的红相比,它们显得更橙一些,它们滚到麦子下面你看不见的地方。你跑了很久,等甩掉了那个人,你跪下来,把头缩到麦子下面,手脚并用地在麦秆间爬行,你尽量不让麦子波动,以免被远处的人发现,因为有时当老鼠逃窜时,就像有刀割过麦田一样。过了一会儿,你停下来坐在地上。没有人说话。你听着周围的声音。虫子在耳边飞来飞去。等它们停下来,你听到一片寂静,然后传来一种持续的嗡嗡声,感觉很遥远。你意识到那是所有正在飞舞的虫子发出的声音,它很响亮,跟田里的人声完全不同。听着这嗡嗡声,你意识到那是一个不同的世界,你进不去。你揉着耳朵,因为那声音越来越持久,越来越连续,你渐渐觉得那是一种独特、刺耳、难以忍受的声音,最后你甚至怀疑那声音是从你身体里发出来的,你堵住耳朵,但是一旦把手指拿开,嗡嗡声就回来了。时不时会有一只大苍蝇、一只蜜蜂或一只胡蜂落在附近,它会发出一种机械的声音,一种独特的嗡嗡声，声音的来源很明确，接着它变成了另一种声音，逐渐融入背景音，直到消失。几次你好像听见了人的脚步声，你蜷缩起来，感受着心脏在膝盖上的跳动。这时候要是有一只鼩鼱或者一只老鼠从这里经过就完蛋了。你在麦田里等待太阳落山。那时人们就会离开麦田。这个点的麦田色彩缤纷，因为阳光不再刺眼。靠近森林的麦田上出现了大片赭色的阴影，树下则是像墨点连成片一般，整片森林的顶部被染成了群青色，再往上就是天空。地平线后面什么也看不见，但是你可以清楚地看到地球是圆的，因为将天空的透明蓝色与森林的群青色分开的是一条清晰的黑色曲线，当你原地旋转的时候会看见一个像任何圆圈一样圆的大马戏团舞台，头顶上的天空像半颗被掏空的橙子。你拍掉因久坐而沾在屁股上的泥土。你重新上路。你听到村里的钟声。虫子的嗡嗡声越来越弱，就算仔细听也几乎听不出来了。一股凉意落在麦田上，落在你所在的河岸草地上。你在森林里走。你听到某处传来斧头砍树的声音。狗坐在路中间，等你追上它，它吐着舌头，口水从嘴巴上挂下来。即使蜿蜒的小路遮住了它的身影，你也能听见它的喘息声。它时不时停下来，用舌头舔一舔毛上的唾液。天气很热。透着阳光你可以看清树叶的叶脉，所有叶脉一起构成了一团半透明的绿色物体，就像水族箱里的水一样。走到森林的空地上时，因为少了阻挡阳光的屏障，你的脸、手臂、大腿都在灼烧，阳光穿过头发，划过发麻的头皮。你带了几个牛奶壶。你把它们扔在石头上，听它们发出的声音。你把牛奶壶捡起来。你把它们砸在树上，看看它们会不会发出不同的声音。过了一会儿，牛奶壶变得坑坑洼洼。于是你用脚踹它们，让它们沿着路滚动。狗呜咽起来，因为它的鼻子被一个牛奶壶砸到了。你说狗的鼻子很敏感。樊尚·帕尔姆瞄准灌木丛发射牛奶壶，没想到狗在灌木丛后面。你安慰它，亲吻它。它用舌头舔过你的手、脸和膝盖。你来到废弃的采石场。采石场上布满了荆棘。你透过荆棘看到了淡黄色的东西，不知道是岩盐还是碎石灰石。铁轨上也交错生长着荆棘和覆盆子。铁轨上生满了铁锈，用一块硬木块在上面刮就可以把铁锈粉刮下来。刮完后你把手擦在短裤、大腿、膝盖上，全身都变成了橙色。你在灌木丛中发现了一辆底朝天的小翻斗车，翻斗上有很多洞和凹陷，轮子摇摇欲坠。樊尚·帕尔姆一边尝试把车扶正，一边大喊快来帮我啊。你上去帮他。你们失败了，因为整辆车都陷进了地里。你喘气、流汗。樊尚·帕尔姆说，我数三下我们同时朝一个方向推，一二三。翻斗车脱离了地面竖了过来。樊尚·帕尔姆说，一二三。数到三的时候你们使劲往前一推，小车翻了过来，你们翻了过去，摔作一团。但是不管怎样，现在能够操控小车了，甚至可以把它放在一段铁轨上。你们轮流爬进车里或推车。车轮变形了，铁轨弯了，你没办法让它们贴合在一起，结果车一推就翻了，里面的人赶紧跳下车，以免被翻斗扣住。狗追着翻斗车奔跑、跳跃、吠叫，想依次抓住韦罗妮克·勒格朗、德尼丝·帕尔姆、雅尼娜·帕尔姆、樊尚·帕尔姆、卡特琳·勒格朗。追了一会儿，它厌烦了，走到灌木丛下面的树荫里趴着，舌头伸在嘴巴外面。它把下巴贴在伸出的前腿上，同时把舌头收进嘴里，以免拖到地。它就这样半闭着眼睛，但时不时还是会下意识地抬起头，把舌头伸出来喘几口气。你玩腻了翻斗车，于是把它推入一片杂乱的荆棘丛，它失去了平衡，在交错、缠绕的荆棘的支撑下，它慢慢地倒下。你开始摘覆盆子和黑莓。你把它们塞满嘴巴。德尼丝·帕尔姆抓着两把黑莓往雅尼娜·帕尔姆的脸上抹，雅尼娜·帕尔姆的下巴甚至头发上都沾满了黑莓。于是你开始拿黑莓当武器，如果够不着其他人的脸，你就把它们涂在衬衫、手臂上。最后你们一个个都变成了紫人，脸颊尤其紫得厉害，只留下两只特别白的眼睛。黑莓和覆盆子吃多了，你想吐。你开始往几个牛奶壶里装黑莓，往其他的里面装覆盆子。韦罗妮克·勒格朗不小心踢中了放在她和卡特琳·勒格朗中间的一壶黑莓，黑莓滚了出来。卡特琳·勒格朗跳起来大喊，这么多力气都白费了，她把壶里剩下的黑莓撒在了周围，然后使劲把牛奶壶扔向采石场，你听到牛奶壶撞击石头的声音。樊尚·帕尔姆、雅尼娜·帕尔姆、德尼丝·帕尔姆一个接一个地大笑起来，他们相互看，又看向卡特琳·勒格朗，笑声越来越大，然后韦罗妮克·勒格朗也笑了起来，卡特琳·勒格朗满脸通红，瞪着他们，但他们笑得停不下来，笑得前仰后合，直到樊尚·帕尔姆把他壶里的东西倒在他的周围，直到德尼丝·帕尔姆和雅尼娜·帕尔姆把她们壶里的东西倒在她们的周围，直到德尼丝·帕尔姆、樊尚·帕尔姆和雅尼娜·帕尔姆提着空牛奶壶绕着卡特琳·勒格朗跳舞，直到他们使劲把牛奶壶扔向采石场，你听到它们掉落的声音，有的撞到了树墩，有的撞到了石头，直到没有了黑莓，没有了覆盆子，没有了牛奶壶。你从警卫室前经过。警卫室里没有人,因为还没到葡萄成熟的季节。房子背面的墙上从上到下排列着一列金属爬钉,顺着爬钉可以爬上屋顶。你爬上去,来到了一个平台,它覆盖着整个房子。你看到一排排平行的葡萄树从山顶朝山脚延伸下去。你看到被近乎黑色的森林覆盖的山丘,你看到长满了草的蓝色山丘,你看到山脚下的平原和看上去挨在一起的村庄。你有一种来到了巴比伦的感觉,重重叠叠的露台呈阶梯状向幼发拉底河下游延伸,花园悬在空中,树上开满了鲜花。你想趴在水泥地上,想留在那儿看看青草、葡萄树、森林,看看鸟儿、山丘,你想转身仰面躺在地上,看看飘动的云彩,你想留在那儿看天空昏暗下来,看星星一颗颗出现。卡特琳·勒格朗说今晚再到警卫室屋顶的平台上来,学学怎么辨别星星,怎么叫它们的名字。你在小路上走,一边是森林,另一边可以看到葡萄树。虽然你在山顶上,但是除了葡萄树什么也看不见。你想把舅舅的葡萄田找出来,卡特琳·勒格朗说在那里想吃多少葡萄就可以吃多少。你下到半山腰,来到一条垂直于一排排葡萄树的小路。你一边走一边说,不是这排,不是这排。忽然有人喊是这排,你停下来,卡特琳·勒格朗认出了埋在地下的一块白色大石头。你又开始往下走，因为卡特琳·勒格朗说她不太确定，舅舅的葡萄田尽头的白石头可能比这块大，也可能比这块小，或者这一带的葡萄园有两块一样的石头。你又停在一块孤零零的白石头前，这块石头不是圆的，它看起来更像是一块界石。卡特琳·勒格朗很纠结，她好像认得出舅舅的葡萄田，又好像认不出。你继续往前走，看见了成堆的砖块，看见了插在土里的木桩，甚至看见了几棵杏树之类的矮树，这些都是在靠近路的尽头、葡萄田的边缘发现的，你甚至发现了一大片白色碎石块。卡特琳·勒格朗说舅舅的葡萄田肯定已经过了，所以你又折返回去。你在每排葡萄树前都要停下来端详一番。过了一会儿，卡特琳·勒格朗说，就是这儿了，我确定。于是你冲向葡萄树，把一串串还没有完全变黑的葡萄拽下来，你开始吮吸葡萄，因为你渴了。你发现有些地方的葡萄比较熟，于是你把手里的葡萄扔进了旁边的葡萄田，你甚至不把葡萄从葡萄串上摘下来，直接上嘴啃，你甚至坐在葡萄树下的地上，直接伸头够树上的葡萄吃，你用牙拽，用嘴唇和牙齿碾压葡萄，它们滚落在地上，你没办法用手拿住葡萄，因为你假装没有手,装成正在吮吸狼奶的雷穆斯和罗慕路斯。过了一会儿,卡特琳·勒格朗说搞错地方了,于是你穿梭在支架之间,快速钻过支架与支架间的铁丝。你又来到了一片卡特琳·勒格朗认为属于舅舅的葡萄田。你又开始吃绿透了、蓝透了的葡萄。你把葡萄一把一把地拽下来,你并拢手指,用两只手挤葡萄串玩。你发现又搞错了地方。你穿到旁边的葡萄田里,再到下一片葡萄田,下下片葡萄田,依此类推。卡特琳·勒格朗每到一片葡萄田都说那是舅舅的葡萄田,所以你在每一片葡萄田上都要停一下,你沿着葡萄树来来回回地跑,你绕过了整个山丘,你弯腰穿过藤蔓,穿过卷须,穿过绑在铁丝上的压条母株,母株从山顶到山脚排成一条直线,一直延伸到山脚那条环山小路上。雅尼娜·帕尔姆突然停下来,双手捂着肚子,大喊着让你等她。你看到她蹲在一根粗枝后面。德尼丝·帕尔姆、樊尚·帕尔姆、卡特琳·勒格朗、韦罗妮克·勒格朗一个接一个地找粗枝蹲下,所有人都在拉肚子,你用平时人们给雕像遮羞用的叶子擦屁股。雅尼娜·帕尔姆第一个拉完。你一边跟在她后面,一边把裤子往上提。你感觉肠子都被硫酸盐和青葡萄的酸性物质浸透了,就像一捏就会瘪掉的卷烟,又像肠子里都是碎玻璃似的。你等不及要回家了。你赶紧跑下山，时不时在葡萄树后面停一下，你尽可能地忍耐，但是当一个人开始拉时，其他人就忍不住了，你赶快跑，但是越来越浓烈的臭味总会追上你，除非自己身上就带着这种葡萄正在腐烂或发酵的气味。干草棚里堆满了干草。干草棚的门开着。所有干草都堆在阁楼上，它们被干草叉压得紧紧的，像是为了给阁楼腾地方一样。干草棚中央的推车被挪走了，因为那里要放剩余的干草，干草被堆成垛状，隔板支撑着它们。你闻到了花和干草的气味。如果你站着不动，把头摇晃一圈，就会像喝醉了似的，因为气味无处不在，你能感觉到它在鼻孔里、在耳朵里、在脑袋里徘徊，但更重要的是，它停留在身体的每一寸皮肤上，毛孔打开了，它们开始散发青草、蒲公英、矢车菊、罂粟、燕麦、野豌豆的气味，你分不清哪种草或者哪种花的气味更强烈，你也不知道自己身在何方，所以你开始在阁楼上奔跑，跳过地板上一个又一个开口。风吹进干草棚，吹动了伸在干草堆外面的干草，这时就会闻到更加浓烈的气味。帕斯卡勒·弗罗芒坦、皮埃尔-玛丽·弗罗芒坦、韦罗妮克·勒格朗、卡特琳·勒格朗跳进干草堆，你试着跳起来用头够横梁。有几次下落的时候你失去了平衡，在三叶草、禾草和带着长茎的雏菊里打滚，你把头埋进去，用鼻子嗅，用嘴嚼草秆，用脸蹭草堆。皮埃尔-玛丽·弗罗芒坦故意让韦罗妮克·勒格朗在下落的时候失去平衡，他把提前准备好的一大抱跟人一样高的干草扔到韦罗妮克·勒格朗的身上。你听到像是被蒙住的笑声和叫声。韦罗妮克·勒格朗拼命挣扎，想从草里爬出来。你看见干草像波浪一样起伏，先鼓起一大块，然后向旁边移动，与此同时，皮埃尔-玛丽·弗罗芒坦压住干草，不让她出来。最后，韦罗妮克·勒格朗一脚踢在了皮埃尔-玛丽·弗罗芒坦的脸上，皮埃尔-玛丽·弗罗芒坦撒开手，尖叫起来，因为他的鼻子被重重地踢了一下。你看到韦罗妮克·勒格朗气喘吁吁地从干草里出来，满脸通红，你分不清哪里是干草，哪里是头发，草秆甚至从她的耳朵里直直地伸出来。你沿着阁楼的边缘走，跨过下面干草棚与牲畜棚之间的隔板，你在高高的阁楼上看着下面干草棚中央原本放手推车，现在堆着干草垛的地方。帕斯卡勒·弗罗芒坦从阁楼跳到了下面的干草垛上，你看着她半个身子陷了进去，从上面看她看起来很小，皮埃尔-玛丽·弗罗芒坦跳了下去，当然也少不了韦罗妮克·勒格朗和卡特琳·勒格朗，她们跟在后面跳了下去。你丝滑地掉进干草垛，沉浸在那种气味中，彻底陶醉了，你争着往梯子上爬，想第一个爬上阁楼，第一个跳下去。你不停地往下跳。你们在梯子前推推搡搡。你推着梯子上爬在前面的人，因为她爬得不够快。你听见旁边牲畜棚里的牲畜因为干草味而躁动着。草秆狠狠地扎着皮肤，即使穿着衣服，也觉得皮肤像裸露在外面一样被扎得生疼，浑身上下的皮肤都疼得一样厉害，除了生殖器以外——生殖器那里更疼，就像被抓伤了一样。忽然你看见帕斯卡勒·弗罗芒坦不知道为什么跳偏了，落在了干草垛的边缘，你看见她的一只手扎在了钉耙的一个耙齿上。钉耙靠在墙上，溅上了落下的干草，隐隐地闪着光。帕斯卡勒·弗罗芒坦收回手，你没听见她说什么，但看到当她把手从铁耙齿上拿开的那一刻，手上的裂口立刻被一股鲜血吞噬，你看到帕斯卡勒·弗罗芒坦的脸变得煞白，于是围了上去。下雨了。你在森林里自己搭的小屋里。韦罗妮克·勒格朗和雅尼娜·帕尔姆在土窑里烤苹果。她们忘了之前这个土窑烧过铅，直接把苹果放了上去，在变形的锌板上，无论是起伏还是平坦的部分都还粘着几滴凝固的铅，它们仍然保持着固态，因为土窑还没到达它们的熔点。它们看起来像静止的水银。韦罗妮克·勒格朗和雅尼娜·帕尔姆一边观察苹果的状况，一边用棍子推苹果，让苹果转动。当其中一个苹果烤熟后，韦罗妮克·勒格朗和雅尼娜·帕尔姆就将一根木棍插进苹果，把它取出来。苹果从浅绿色变成了棕色，往外渗汁，苹果皮有些开裂，四周软塌塌皱巴巴的，但中间没有熟。韦罗妮克·勒格朗取出一个苹果。它皱巴巴地缩在棍子上，你看见苹果皮上粘着一块铅，苹果受热时流出的汁液在上面闪闪发光。韦罗妮克·勒格朗把它放在小屋里的一堆用来存放食物的沙子上。你正准备要吃那些烤熟、冷却了的苹果，却发现上面全是沙子。于是你把新烤好的热气腾腾的苹果放在一堆白蜡树、榆树和山毛榉树的树叶上。樊尚·帕尔姆正在看书。卡特琳·勒格朗正在看书。你听见雨滴打在屋顶的树叶上。樊尚·帕尔姆大笑起来，他把漫画书放到卡特琳·勒格朗正在看的那本书的上面让她看。卡特琳·勒格朗看到让樊尚·帕尔姆哈哈大笑的是，阿道克船长在追威士忌泡——泡——泡时变成了一只小鸟叽——叽——叽。卡特琳·勒格朗想接着看下去，但樊尚·帕尔姆把书抽走了，他用手臂挡住书，不让别人跟他一起看。于是卡特琳·勒格朗继续翻自己的书，刚刚停在，鬓角的珠串垂到嘴角，粉色的嘴巴像半开的石榴。胸前的一组宝石闪闪发光，用缤纷的色彩模仿海鳗的鳞片。故事发生在迦太基。你学过一条拉丁语语法规则，例句中有一句关于迦太基的句子，它是这样写的，ceterum, censeo Carthaginem esse delendam（迦太基必须毁灭），这是老加图的口头禅，体现了动名词或动形容词的使用规则。语文书里只有一些删减、节选的片段，你想知道是谁选的，或者至少告诉你前后发生了什么，然而你却有一种永远也不会知道答案的预感。总之这样随随便便从其他书上抄十行下来没什么意思。这就是为什么卡特琳·勒格朗宁愿一遍遍地读其中的一个片段，直到能读出点意思为止，有几篇还真让她读得津津有味。等你有权阅读整本书的时候，你就会在里面发现已经烂熟于心的句子。鬓角的珠串垂到嘴角，粉色的嘴巴像半开的石榴。胸前的一组宝石闪闪发光，用缤纷的色彩模仿海鳗的鳞片。卡特琳·勒格朗问樊尚·帕尔姆海鳗是什么。樊尚·帕尔姆说，别烦我。他马上就要把漫画书看完了，你发现没办法让他抬头。卡特琳·勒格朗从他腿上夺过书说，你告诉我海鳗是什么，我就把书还给你。樊尚·帕尔姆跳到卡特琳·勒格朗跟前，在她的头顶和身旁挥舞着手臂，试图夺回她背后的书，他说，有鳞片的话就是鱼。卡特琳·勒格朗把书还给他，又问有多大，樊尚·帕尔姆耸了耸肩，回到自己的角落坐下了。韦罗妮克·勒格朗正在用一块木头做小人。小刀时而在她的右手上，时而在左手上，取决于哪只手能让她更方便地从特定角度挖木头。她是第一个大喊小屋漏雨的人。从榆树、山毛榉、白蜡树甚至桦树上摘下来的卷曲、干燥的树叶最后还是让雨水漏了进来。湿透的叶子缩小了，透过屋顶可以看见天空，你看到雨滴像针一样直直地朝眼睛落下，如果没有及时闭眼，眼睛就会被它刺穿，但它只是水滴。于是你把所有东西，书、苹果、小刀和扑克牌，都放在小屋暂时还淋不到雨的地方。你去森林里砍树枝。得给小屋屋顶重新铺上一层树叶，挡住雨水。你走在茂密、潮湿的灌木丛中。因为地倾斜得很厉害，所以你拉着小灌木、根蘖和地上其他不带刺的枝杈往上爬。枝杈上的水溅到了你的衣服上，你的手臂湿了，衬衫湿了，小腿和大腿也湿了。你听着四周水流的声音，水淌过树叶，淌过树干，淌过小路，耳朵里出现了泉水的声音，像是夏日的喷泉，但现在下着雨，森林里有些地方是灰色的，有些地方是棕色的，还有些地方是黑色的。你有两把斧子。你决定砍杉树的树枝，因为针叶无论在干燥还是潮湿的情况下体积都不会改变，这就是你能给屋顶找到的最好的材料。你砍掉杉树的嫩芽，砍掉矮枝，留下尽可能大的树枝，这样一来用不着添补就可以覆盖住整个屋顶。砍完以后，你把树枝堆成几堆，原路返回，每个人的身后都拖着一堆树枝，针叶贴着针叶，树枝缠绕着树枝，这样它们就不会散开。你听到树枝不断摩擦灌木丛叶子的声音。雅尼娜·帕尔姆想解开缠在树枝上的一根荆棘条，结果所有树枝都被荆棘卡住了。你只好放下自己的树枝，去帮她把她的树枝从灌木丛里拔出来，垂直的荆棘条上长满了刺和细枝，它们在水平方向上钩住了雅尼娜·帕尔姆的树枝。你参加舅舅的葬礼。你站在门口，等所有人准备好。你看着站在粪肥上或台阶上的鸡。你听见牛在牲畜棚里走动。放棺材的房间开着窗户，一种气味飘散出来。卡特琳·勒格朗和韦罗妮克·勒格朗听见旁边的女人们在窃窃私语，遗体就在那儿。那里有很多人。男人穿着礼拜天做弥撒时穿的西装。女人穿着黑衣，戴着圆帽，那也是她们礼拜天的穿着。你小声说话。

房子位于通往教堂的路上,所以出了教堂之后又休整了一下。现在得再次把棺材抬出来。四名男子把棺材抬下楼梯,相互指点,防止棺材滑落。舅妈跟在他们身后,脸上蒙着一块大面纱。帕斯卡勒·弗罗芒坦、皮埃尔-玛丽·弗罗芒坦在她旁边。男人们将棺材放在底楼的担架上。他们抬起担架,两个在前,两个在后,一人肩上扛着担架的一端。棺材上盖着一块有流苏的黑色呢绒布。棺材的每一侧都贴着白色十字架。神父穿着黑色的长袍,外面罩着祭袍,戴着黑色的圣带。神父跟在棺材后面走了起来,手里捧着一本摊开的祷告书。他身旁的侍童提着圣水桶和圣水刷。舅妈、帕斯卡勒·弗罗芒坦、皮埃尔-玛丽·弗罗芒坦跟在神父后面走,大家排着队,先是家人,然后是其他人。你经过村里最后几栋房子。你走在空旷的田野上,走在被阳光照得发白的土路上,睁不开眼睛。你看见远处靠近森林的小教堂,小教堂前面是墓地,你看见墓地周围的围墙。抬棺材的男人走得很慢。你跟在后面,土路的两边是割过的草地,锄草时遗漏的干草秆从一些地方冒出来。田里只剩下小麦、燕麦和大麦的茬。没有人说话。天气很热。路边流淌的溪水不再像平时一样发出清泉的声音,隐约能听到几声啪啪的水声。

河堤上最后几朵花正在凋谢。神父用拉丁语背诵祷文，你附和着。一片寂静。然后你听到舅妈、帕斯卡勒·弗罗芒坦、皮埃尔-玛丽·弗罗芒坦和其他不认识的人的抽泣声。神父开始新的祷告，你回应他，阿门，安息，等等。你看着棺材在抬棺人的头顶上摇摆。你听到鞋子在地上拖行的声音，人群像牛群一样踏过地面。当你回头望去，送葬队伍只是田野中的一个黑点罢了。你走着。你时不时停下来，让抬棺人换一下肩膀。天气很热。你流着汗。看来黑色会吸热。你时不时会被石子绊到，因为行进的速度突然慢了下来，而且这天气让人抬不起脚。燕子飞得很低，相遇或交叉的时候会发出轻微的叫声。到达墓地后，你看到掘墓人还在坑里，把泥土往身后铲。男人们放下担架，用绳子降下棺材。神父一边祷告，一边从侍童手里接过圣水刷，他往墓里洒了几下圣水，再把圣水刷递给舅妈。有个人，一个男人吹响向死者告别的喇叭，那声音震耳欲聋，久久也不散去。舅妈跪在墓边的地上，在她发出哭声的同时，第一铲土落在了棺材上。你听到跪着的皮埃尔-玛丽·弗罗芒坦抽泣的声音。帕斯卡勒·弗罗芒坦弓着小小的身体，跪在两个人之间。你听到前后传来女人的抽泣声。

殿宇雕梁画栋之室／吉布尔克身擐甲胄／头戴兜鍪腰束剑戟／妇人无不荷戈执锐。摊开的笔记本里是方格纸。一条条长长的竖线穿过一个个方格，方格的竖边和横边有粗线描边，正是因为这些粗线你才判断出了它们的正方形形状。两边必须空出一厘米的距离，差不多跟你写的一个字母一样大。字母排列在连续的方格中。有些字母的形状不规则，比如 b、l、t，尤其是 p，没办法把它们放进方格。妮科尔·马尔坐在卡特琳·勒格朗旁边。她在笔记本的边缘用铅笔画了一只屋檐上会出现的鬼怪，用来标记阿利斯坎那一章的开头。卡特琳·勒格朗想画一个穿着锁子甲、戴着头盔、拿着剑的吉布尔克，思考着该不该在锁子甲下面画上裙子，来表示她是女的。卡特琳·勒格朗留出了腿和脚的位置，或者说裙子的位置，要画裙子的话可以在后面画上一条裙摆。卡特琳·勒格朗画出锁子甲上的每个环锁，就像鱼鳞一样，吉布尔克像是一条没有尾巴的鱼，头盔下的眼睛一只大一只小，于是卡特琳·勒格朗擦掉吉布尔克，开始画奥朗日塔楼的垛墙。站在垛墙后面可以看见平原上的柏树。圣婴修女让马里耶勒·巴兰概括一下刚刚读过的段落，你已经在笔记本上把不懂的单词写了下来，每个单词后面都跟着冒号以及它的来源和含义。马里耶勒·巴兰讲了吉布尔克和奥朗日的女人们是如何保卫这座城市、对抗撒拉逊人的，攻甚猛战甚酷／妇人无不投石自卫／撒拉逊人血流漂杵／项首碎裂张口而毙。奥朗日没有被攻陷，它矗立在阳光下，锁子甲里面的吉布尔克大汗淋漓，她把挡住眼睛的头盔往上推了一推。圣婴修女说南边有一个国家，她说法国国王骑着马率领一支强大的军队来征服这个国家，她说他把这叫作十字军东征，她说从那时起没有任何国家可以与这个国家的文明媲美。你在笔记本上记下阿尔比十字军。第一排从左往右是妮科尔·马尔和卡特琳·勒格朗，马里耶勒·巴兰和索菲·里厄，洛朗斯·布尼奥尔和瓦莱丽·博尔热。你穿着黑色罩衫。马里耶勒·巴兰的胯上系着一条皮带，皮带的侧边有环。其中的一个环上挂着一把小刀。姑娘们，扶住你们即将晕厥的皇后。披着头巾的艾斯德尔现在颤抖着双腿。圣婴修女用艾斯德尔的故事来上圣史课。你在笔记本上写下圣经、艾斯德尔传。当你弯腰去捡尺子或橡皮时，你看到马里耶勒·巴兰的膝盖、索菲·里厄的膝盖、洛朗斯·布尼奥尔的膝盖、瓦莱丽·博尔热的膝盖。瓦莱丽·博尔热总是把头靠在左手臂上。圣婴修女也发现了，她问瓦莱丽·博尔热，要不要把我的手肘也借给你。树上的叶子掉了。虽然还留下了不少，但是颜色都褪去了，尤其是栗子树上那些卷曲的棕色树叶。你们排成小队绕着院子走。寄宿生交头接耳，不愿意玩球。走读生决定去拉着网的、有雕像的院子里打排球。妮科尔·马尔跑去拿球。她经过洛朗斯·布尼奥尔身旁时喊道，德拉姆王指髯为誓，洛朗斯·布尼奥尔与她擦肩而过的时候回应道，吾当以五马分尸，和她们同时在跑的朱利安娜·蓬和马里耶勒·巴兰接下去喊道，或投之于海。中午，你们相互握着手说，德拉姆王指髯为誓／吾当以五马分尸／或投之于海。下一句引得你发笑，余知其髯不能守信。回家吃午饭的时间到了。下午你们在打铃前，一点二十五分的时候又来了一遍。

你们相互握着手说，德拉姆王指髯为誓，等等，已经能背下来了。诺埃米·马扎穿着一件背后开衩的灰色罩衫。她还会穿包了铁的靴子。当你唱跳舞帅小伙儿／鞋跟包铜——边／靴子啪啪——响的时候会想到她。安娜-玛丽·布吕内是寄宿生，索菲·里厄、安娜·热利耶、德尼丝·科斯、玛丽·德莫纳、瓦莱丽·博尔热是寄宿生。她们在隔开两个院子的墙边停下，继续说话。安娜·热利耶坐在地上，肩膀上裹着羊毛背心。你在医务室。圣方济各修女出去了。透过开着的窗户可以看到树木以及隔开学校花园和修道院花园的围墙。当你爬上围墙往修道院花园那边望去时，你没看见蒙着黑纱的修女，你看见了整洁的小路和笔直的花坛，花坛的边缘种着修剪过的黄杨木、矮石竹、虎耳草、勿忘草。在花篱与花篱之间的阴影处，又小又圆的金合欢落叶贴在地上。德尼丝·科斯躺在医务室的床上。她的脸颊通红。圣方济各修女不允许卡特琳·勒格朗和她说话，因为这会累着她。圣方济各修女给卡特琳·勒格朗准备了吸入剂。卡特琳·勒格朗头伸到冒着热气的碗上方，但是不能靠得太近，因为碗很烫。圣方济各修女把她的黑色羊毛披肩盖在卡特琳·勒格朗的头上，让披肩的两端垂到碗上，从而把蒸汽集中在卡特琳·勒格朗的鼻子周围。披肩散发着熟悉的味道。突然你的胸口或者肚子、生殖器之类的地方觉得很难受。卡特琳·勒格朗受不了了,她把头从黑色羊毛披肩下伸出来,对德尼丝·科斯做了个鬼脸。德尼丝·科斯用一只手肘把身体撑起来,轻声叫卡特琳·勒格朗留下来陪她,让她去跟圣方济各修女说她真的病了,她想睡觉。但卡特琳·勒格朗就是不想睡在充斥着这种气味的房间里,空气中还弥漫着乙醚的气味和药茶冷却后的气味。卡特琳·勒格朗扯下披肩,等待着吸入剂冷却下来,等待着圣方济各修女回到医务室。你在圣日耳曼德尚玩打仗的游戏。你跑上土坡。你在金合欢树下点人数。你在那儿待了一会儿,因为马克斯·吉布罗尔还没来。小超市在露台的另一边,露台边种着金合欢树。金合欢的味道让人上头。你想蹬树干。亨利女士带着傻姑娘走出了小超市,傻姑娘傻笑着,快速地左右转头,出门时踢到了正在进门的女士的小腿。亨利女士用力摇晃傻姑娘,让她冷静下来。于是她任由头垂在胸前,口水从嘴巴里流出来。克里斯蒂亚娜·吉布罗尔让卡特琳·勒格朗看一位肚子里怀着宝宝的女士穿过露台。克里斯蒂亚娜·吉布罗尔大喊,马克斯,过来,她使出浑身的力气,把双手举在嘴前当喇叭。雅克·拉马斯跑下土坡,又跑回来说马克斯·吉布罗尔在玩旱冰鞋,他不想来。你们分成三支队伍。你跑进一片房子的院子里,躲在敞开的大门后面。你开始观察情况。你用圣日耳曼德尚几乎是黏土的红土做了一些泥球或者说手榴弹,只要蹲下就能从脚边或身边拿起它们。你把一枚手榴弹安在棍子的一端,同时在口袋里塞满了手榴弹,其余的就放在地上。只要看到有敌人靠近,你就朝其脸上扔一枚手榴弹,砰,黏土会在脸上炸开,趁敌人还没睁眼,另一枚手榴弹就上了膛。一般情况下,队伍里只要有马克斯·吉布罗尔就会获胜,这也不奇怪,因为人人都想跟他一队,所以赢的队伍的人数总是另一个队伍或者其他所有队伍的三倍。今天的战局不太明朗。你们乱打一气。克里斯蒂亚娜·吉布罗尔把石子塞进手榴弹,这些强力手榴弹打到脸上会更疼。俘虏们排成一列,被绑在坡下靠近房屋和草地边缘的地方。有些人想逃去扁平石头堆叠而成的石墙边茂密的荆棘丛里。看守的哨兵时不时会用棒子敲他们一下。两支队伍共用一个哨兵,他们的俘虏也被囚禁在同样的地方。你去拉萨莱特圣母院参加祈祷仪式。它在乡下的某个地方。你们两两并排行进。必须穿过整个城市。你穿着海军蓝制服。你穿着白袜子。你在院子里上体育课的时候学会了列队走，你知道怎么直角转弯，外侧的人要若无其事地加快脚步。你必须时刻保持队形，不能让汽车从队伍中间通过，你装出要让汽车通过的样子，跟前面的人空出一大段距离，等汽车正准备开进队伍的时候，你突然向前冲，迫使汽车停下来，现在你只得绕过车头，为了赶上前面的队伍，每个人都跑了起来，所有人乱成一团，试图维持纪律的圣婴修女也跟着队伍跑了起来，裙子在她身后飘扬。你在一条两边围着篱笆、中间向下凹陷的小路上走。太阳还没升起，草上还挂着露珠。你看见草在阳光斜射下来的地方闪闪发光，东边的草刚长出来，是淡绿色的，割过草的田里有雏菊、毛茛、蒲公英，紫罗兰凋谢了，篱笆下面看不见它们的踪影，长着长草的田野里有含苞的雏菊和绽放的罂粟花。树上的花落了，有的已经泛黄，有的仍然新鲜，散布在潮湿的地面上。你看见苹果树上还残留着粉花，树上长满了已经完全伸展开的浅绿色的叶子。你的脚湿了。弥撒在室外进行。你可以一直看着天空和农场，农场看上去小小的，因为它们很远，你可以看着篱笆勾勒出的复杂图案，它们有的交错在一起，有的沿平行线从田野的一边延伸到另一边。

在最近的篱笆上可以看到黑刺李树的黑刺，有的地方长着荆棘、野蔷薇或其他带刺的植物，它们形成了天然的篱笆，从石头缝中伸出来，这些从墙上掉下来的石头东倒西歪，堆叠、陷没在土堆中。你祈祷下雨，祈祷地里长出谷子，祈祷树上结出果子。你祈祷田里高高的小麦和大麦免遭大雨肆虐。你祈祷明媚的阳光让果子变得成熟香甜。你祈祷麦田和果子的水分不会被烈日蒸干。穿着祭袍的神父感谢上帝赐予水、面包和盐。你想踮着脚尖溜走，去那边光秃秃的草地上走走。余亦将乘于马上／身擐锁甲头戴明盔／项悬圆盾腰佩利剑。圣婴修女等洛朗斯·布尼奥尔找到这页，然后问她这话是谁说的。洛朗斯·布尼奥尔说是埃芒加尔，她讲述着埃芒加尔是如何在法国宫廷把法国人看作懦夫的，因为她的儿子纪尧姆像狗一样被对待。洛朗斯·布尼奥尔说为了解救奥朗日向她伸出援手不是没有道理。你看到埃芒加尔骑在马背上，穿着锁子甲，戴着头盔，拿着盾和矛，全副武装，你在疑惑她是怎么保持在马背上的，你看到在阿赞库尔，马腿上绑着的钢带，男人们庞大的躯干，破碎的盔甲，遍地的四肢，盾、矛和剑，你看到行军中的军队，僵硬的骑兵，拿下头盔，头发一下子散落下来，这是吉布尔克，这是埃芒加尔，若天命余必助吾子／操戈披甲骑于马上／夷狄波斯撒拉逊人／遇吾锋刃必坠马下。卡特琳·勒格朗决定放弃画吉布尔克的阿拉伯大眼睛或纪尧姆的塌鼻子。还是用花体字母开始一个章节更容易。你像绣花一样画了一个字母，在字母周围绕了一圈五颜六色、弯弯扭扭的线条，从远处看就像是中世纪书里的彩色装饰字母，你对这个作品很满意。圣婴修女也很满意。当圣婴修女大声读到一些让她高兴的内容时，她会停下来用嘴做出一个圆圈，一个无声的O，她的每只眼睛里都有一个类似的圆圈，表示她看到了那个她希望在这个地方出现的东西，这种欣赏的感觉让她很满意。只要读到书里关于圣人的故事，她都会习惯性地做出一个O，她期待在圣史课上大声朗读圣人的故事，然后一次次停下来做出O。于是你一直盯着她，猜她什么时候会做出O，最后你几乎百发百中。有时你甚至能够引诱她这么做。这就是为什么卡特琳·勒格朗不在院子里和其他人玩。妮科尔·马尔跑过她身边时邀请她一起玩大弹珠。卡特琳·勒格朗拒绝了。她看见马里耶勒·巴兰和朱利安娜·蓬从她面前跑过，跑到有人在玩警察抓小偷的雨棚下。诺埃米·马扎想打排球。卡特琳·勒格朗拒绝了，她做出一副没听见或几乎没听见的样子,最重要的是,不能让圣婴修女看见有人在和她说话。卡特琳·勒格朗真的很想加入她们,玩什么都好,但她不会去,她要等正在看大家课间休息的圣婴修女看到她独自靠在树上,她要假装看着地面或看着前面发呆,看着尽可能远的地方,看到身体上的眼睛再也看不到为止,就像圣婴修女说的那样,圣婴修女便会迈着大步穿过庭院,裙子在身后飞扬,她会在树附近停下,向卡特琳·勒格朗弯下腰,用轻柔的声音问,怎么了,我的孩子,生病了吗?卡特琳·勒格朗会摇头说没有,圣婴修女又会说,那你在这儿做什么呢?卡特琳·勒格朗会把头一仰说,我在思考,修女母亲。这个时候不出意外的话一个圆圈就会出现在圣婴修女松鼠色的眼睛里。过了一会儿她也许会问你在思考什么,我的孩子。卡特琳·勒格朗会做出一副对自己的想法感到困惑、为难或心烦意乱的样子,她会看着圣婴修女,看看时机是不是成熟了,她会再等上一小会儿,等效果显现出来,她会轻声说,我在想上帝,我在想,她会抿上嘴唇,不再往下说,如果圣婴修女脸上没有两个圆圈,也就是眼睛的一个和嘴巴的一个,那就说明她搞砸了。等圣婴修女为了不打扰卡特琳·勒格朗而走远时,她会再待一会儿，确保别人看到了她若无其事的样子，然后她会做出努力想摆脱思绪的样子。她会踱着依然有些僵硬的小步，看着远处的地面，然后像狗一样抖动几下身体，这才撒腿跑去加入其他人，和她们一起玩。站在讲台边的格朗吉耶老师说，同学们，请坐。格朗吉耶老师没有立刻开始上拉丁语课，你听见她正在给即将去意大利的洛朗斯·布尼奥尔提建议，说洛朗斯·布尼奥尔一定要去看看古罗马遗址、君士坦丁凯旋门、庞贝的壁画等等，然后你听见格朗吉耶老师提到了意大利的绘画，皮萨内洛、马萨乔，你听见没有什么比拉斐尔的画更美，格朗吉耶老师说，大声朗读拉鲁斯词典里的词条，你站起来读道，拉斐尔，拉法埃洛·桑西或圣乔奥，后世称拉斐尔，过了一会儿，格朗吉耶老师说，坐下吧。你又坐下来。你接下去读，风格独特的圣母像画家，他笔下的圣母闪耀着无比青春、清新的光辉和贞洁的母性。等你读完，格朗吉耶老师看了看手表，说是时候进入正题了。于是你打开课本，开始学拉丁语。瓦莱丽·博尔热在这一排的最那头，正用马里耶勒·巴兰的小刀在课桌上画画。过了一会儿，马里耶勒·巴兰因为不知道该做什么而觉得很厌烦，她看到瓦莱丽·博尔热在用她的小刀画画，便想把小刀拿回来，她俩吵了起来，因为瓦莱丽·博尔热还不想把小刀还给她。最后瓦莱丽·博尔热把小刀扔在了地上，格朗吉耶老师看到了小刀，没收了它，上完课才能找她要。瓦莱丽·博尔热开始在纸片上用墨水画画。为了告诉瓦莱丽·博尔热她在生她的气，马里耶勒·巴兰转过身背对着同一排的瓦莱丽·博尔热，因此她只能骑跨在长凳上，时不时地扭过脖子看看格朗吉耶老师。洛朗斯·布尼奥尔在认真地学拉丁语，她看着格朗吉耶老师，仿佛要把她说的一切听进去。格朗吉耶老师将她红艳的大嘴唇向前伸，收回来，再伸展开。格朗吉耶老师张嘴时，你能看见她的上腭。现在在讲卡普阿之战前的汉尼拔。比如特拉西美诺湖战役。圣希多尼乌斯·阿波利纳里斯的诗歌中提到过这个战役。据说他是克莱蒙主教，早于查理大帝，早于罗马教堂，晚于圣奥古斯丁、德尔图良和苏埃托尼乌斯，据说那是在都尔主教格雷戈里在法兰克人史中谈到的墨洛温王朝时期，是一个还没有柏油路可以走的时代。可想而知那是在古罗马的道路依旧崭新的时代。古罗马的道路穿过中央高原，穿过通往奥弗涅的栗树林。完好无损的白色石板一块接着一块，表面很平整。战车的木轮从一块石板跳到另一块石板上，因为石板间的接缝没有用水泥填平，不管石板拼得有多紧也还是会产生缝隙。你看见战车在林间小路上缓慢行驶。你看见它们向森林深处驶去，颠簸着，发出一种有规律的吱嘎声，这是木头与木头摩擦的声音，承受战车全部重量的车轴是用木头做的，绕着车轴转动的轮子是用木头做的，加润滑油也无济于事，所以它会像受惊的鸟儿一样啾啾地叫，而且车上没有装弹簧，好像轮子每转一圈，在石板上每敲一下，车子都会有散架、解体的风险。所以古罗马的道路上不常走木车，所以圣希多尼乌斯·阿波利纳里斯写战争是为了给山中无聊的生活解闷。你记下墨洛温王朝、墨洛维、希尔德里克、希尔佩里克、克洛维和克洛泰尔。格朗吉耶老师突然大笑起来，因为她想起来一天有个学生把特拉西美诺湖的段落翻译成罗马人把屁股浸在特拉西美诺湖里，格朗吉耶老师忍住笑，解释是什么让她发笑。因为妮科尔·马尔没来，所以玛格丽特-玛丽·勒莫尼亚勒坐在卡特琳·勒格朗旁边。每当格朗吉耶老师把头转向另一边的女生，玛格丽特-玛丽·勒莫尼亚勒就对着墙扔球。这是一个红色的海绵橡胶小球。当它击中墙壁时会发出类似拳头击打墙壁的声音。等站在过道里的格朗吉耶老师转过头来，玛格丽特-玛丽·勒莫尼亚勒就把球藏进罩衫的一个口袋里。当格朗吉耶老师坐在讲台前时，你只能在草稿本上、桌上、彩色铅笔盒上乱涂乱画，玛格丽特-玛丽·勒莫尼亚勒在彩色铅笔盒上画了一颗拖着尾巴的星星，向卡特琳·勒格朗解释说这是一颗流星。玛格丽特-玛丽·勒莫尼亚勒又在星星的前面写了一些东西，她朝星星的方向画了一个箭头，表示她刚刚写的东西和她之前画的星星有关。当卡特琳·勒格朗读到卡特琳·勒格朗像流星一样闪耀，看到玛格丽特-玛丽·勒莫尼亚勒前仰后合的样子时，卡特琳·勒格朗涨红了脸。格朗吉耶老师从讲台上走下来，一把抢过彩色铅笔盒，想看看上面到底写了什么让玛格丽特-玛丽·勒莫尼亚勒笑成这样。格朗吉耶老师对卡特琳·勒格朗说她对自己的评价还挺高，卡特琳·勒格朗的脸更红了，说这不是她写的，格朗吉耶老师哈哈大笑。圣婴修女在监督大家上地质课。你画了一张可以一次性呈现多种地貌的土地剖面图。你先画好图例，用交叉线代表沉积层，用圆点代表沙地，用连续的小叉代表火山地区的结晶岩，用墨汁涂成的黑块代表火山岩本身，也就是火山或许会再次喷发的地带。你不知道结晶岩和火山岩之间的区别。你问圣婴修女有没有必要把结晶岩和火山岩区分开,毕竟它们的成分和来源很相似。圣婴修女说,地质学中习惯用不同的方式来表示它们,也许是因为结晶岩虽然像熔岩一样由矿物、石英和云母组成,但它的凝固时间比较早,而火山岩仍然是岩浆状,更接近熔岩。圣婴修女说只要看看黑曜岩就知道了,它像一块发光的黑色玻璃,但它看起来不太坚硬,外观更像液体,之所以不流动是因为它的重量。圣婴修女说它们属于不同的地质层。你画剖面图,一个用来粗略展示某个区域的深层和表层土地的简化示意图。你画火山地区,在那里能看到闪闪发光的黑曜岩、分布不那么均匀的玄武岩和呈绿色斑点状的硅酸盐,硅酸盐的浅色斑点很可能会破坏玄武岩和黑曜岩美丽的黑色,而另一个地质层的花岗岩则很可能被玉髓、石英或云母的白色污染。看着刚刚画的草图,你发现圣婴修女对火山岩的描述不是没有道理。你可以清楚地看到,从安全的沙地向下,穿过沉积层,就到了结晶岩,然后就是火山上演好戏的地方,也就是图上涂黑的部分,这里暗流汹涌,是酝酿巨变的地方,是地壳运动的关键之处。如果在地球上钻一条隧道,从一极到另一极,或者从赤道的一端到另一端,你猜想地表会出现一系列黑色区域,古老的火山会复活,新的火山会在未知的地点喷发，然后图上除了发光的黑色岩浆，也就是还没完全冷却的玻璃表面之外，就不剩下任何代表地面的东西了。如果你用太空中的星球玩弹珠，你会把地球放进玛瑙弹珠中，你会说，它最漂亮，猜猜它是用什么做的，是玛瑙。你望着窗外天空中飘动的云朵。马上就要开灯了，视线越来越模糊。你想在花园里听到第一声雷声，看到栗树树干之间的闪电，看着闪电击中其中一棵，看着它蜷缩起来，变成一个像网球一样在地上弹跳的小火球。雨水开始滴落在脸颊上，感觉它们有碗那么大。圣婴修女让大家安静。她僵直地坐着，一个接一个地盯着学生。似乎没有人注意到她。马里耶勒·巴兰试图抓住一只贴着左侧瓷砖嗡嗡飞舞的苍蝇。圣婴修女说，马里耶勒·巴兰回到座位上，然后用木尺敲讲台。马里耶勒·巴兰坐了回去。苍蝇沿着窗户飞上飞下，时不时撞一下玻璃。安娜·热利耶在和德尼丝·科斯大声说话。诺埃米·马扎在抄数学作业。教室后面的学生一边唱船横摇船纵摇，一边肩撞肩，直到玛丽-若泽·布鲁跌倒在过道里。于是想在不挪动身体的情况下恢复教室纪律的圣婴修女大吼道，姑娘们，守点纪律，玛丽-若泽·布鲁，罚你礼拜天留校，你的纪律分零分。等每个人都安静下来，圣婴修女说玛格丽特-玛丽·勒莫尼亚勒的母亲死了，让我们为她祈祷吧，妮科尔·马尔扑哧一下笑出声来，圣婴修女看着她，她笑得停不下来，于是她拿出手帕，两只手把手帕举在脸前，躲在手帕后面笑。圣婴修女对她说，出去，妮科尔·马尔用手帕捂着嘴出去了。圣婴修女说要派两个学生去参加葬礼，每个人都举起手，因为可以不用上课，圣婴修女让马里耶勒·巴兰和洛朗斯·布尼奥尔去，现在每个人都拿出本子准备做听写。玛格丽特-玛丽·勒莫尼亚勒脱下黑色大衣，把它挂在衣帽架上原本放罩衫的地方，把罩衫穿在黑色连衣裙的外面。你看见她穿着黑袜子。卡特琳·勒格朗让妮科尔·马尔换个位置，因为她想让玛格丽特-玛丽·勒莫尼亚勒坐她旁边。玛格丽特-玛丽·勒莫尼亚勒坐在卡特琳·勒格朗的旁边。她的黑发垂在肩膀上。因为穿了一身黑衣，她脸上的皮肤看起来比平时更白。卡特琳·勒格朗不知道该对她说些什么。你看到在这排课桌的尽头，瓦莱丽·博尔热正用手臂挡着写什么东西。圣婴修女问瓦莱丽·博尔热她在做什么。瓦莱丽·博尔热没有回答，她的两只手臂都盖在本子上，遮住下面的内容。圣婴修女让她把本子拿过去给她看，她摇摇头拒绝，然后把头也搁在压着本子的两只手臂上。洛朗斯·布尼奥尔站起来说,修女母亲,是诗句。瓦莱丽·博尔热把头埋得更深,你看见她用手臂死死地压住本子。如果这时去扯她的本子一定会把本子扯破。于是圣婴修女温柔地让瓦莱丽·博尔热把本子拿过去。你不知道瓦莱丽·博尔热有没有听见圣婴修女的话。总之她把头转向了墙壁,这样她就看不见任何人了。她的头发披在肩上,遮住了手臂的一部分。如果有人拉一把她的头发,她就必须抬起头,把头转向你所在的方向。于是卡特琳·勒格朗站起来说,乡村已在我面前展开,瓦莱丽·博尔热抬起头,看向卡特琳·勒格朗,于是卡特琳·勒格朗看着她的眼睛说,白天从海上来的藏红花。洛朗斯·布尼奥尔越过瓦莱丽·博尔热的肩膀看她的本子,她站起来说,她本子上写的就是这个。圣婴修女看了一下卡特琳·勒格朗又看了一下瓦莱丽·博尔热,然后对瓦莱丽·博尔热说,诗句很美,瓦莱丽·博尔热,但不是你写的。瓦莱丽·博尔热站起来,抱着本子跑出了教室。玛格丽特-玛丽·勒莫尼亚勒用肘推了一下卡特琳·勒格朗,问她那是什么,卡特琳·勒格朗不作声。玛格丽特-玛丽·勒莫尼亚勒不停地问那是什么,那是什么,如果你告诉我我就给你样东西，她在桌肚里找能给卡特琳·勒格朗的东西，她把书本拿开，在一堆凌乱的东西里摸索，她用头抵住掀开的桌面。圣婴修女用木尺敲了敲她的桌面。在课桌啪地合上的同时玛格丽特-玛丽·勒莫尼亚勒缩回了头。圣婴修女说，你在课桌里做什么。于是玛格丽特-玛丽·勒莫尼亚勒没有找到任何可以给卡特琳·勒格朗的东西，但这并不影响她继续用肘推卡特琳·勒格朗的大臂或手肘或小臂，卡特琳·勒格朗只好一次又一次地挪开手说，别烦我。圣婴修女在考诺埃米·马扎关于纪尧姆·德·奥朗日武功歌的内容。圣婴修女让她朗读并解释埃芒加尔的那段话，就是你们在上节课一起读的那段。但这次你不想和诺埃米·马扎一起读了，余亦将乘于马上／身擐锁甲头戴明盔／项悬圆盾腰佩利剑／若天命余必助吾子。这次你已经烂熟于心，撒拉逊人、波斯人被打倒，头被砍下，这个埃芒加尔还有什么新东西可以教给你呢。现在得有新的东西来吸引你的注意力。你时不时地窃窃私语，摇头晃脑，开合桌面来提醒圣婴修女。但进度没有加快。圣婴修女用尺子敲讲台，暂停讲课，看着班上的学生，僵硬地坐在椅子上等噪声消失，这意味着这课上得要比你坐着不动的时候慢一百倍。估计等学年结束都讲不完纪尧姆·德·奥朗日。卡特琳·勒格朗翻着语文书,她依次翻过克雷蒂安·德·特鲁瓦、玛丽·德·法兰西,这些人的诗已经在诗集里读过了,她停在了还没有读过的奥尔良公爵查理一世的诗上。只有两首诗。卡特琳·勒格朗读了好几遍,她从第二首里摘出了两句,抄到笔记本上,思想中除我以外之一切禁锢我/在西班牙和法兰西筑起城堡。这样卡特琳·勒格朗就可以时不时地读读它们,一个人的时候甚至可以大声朗读出来。瓦莱丽·博尔热还没有回到位子上,她现在正在种着金合欢的小路上散步或者和圣尼各老修女在菜园里摘醋栗、黑加仑和红醋栗。瓦莱丽·博尔热看着阳光将带籽的果肉照得晶莹剔透。最浅的像安茹红葡萄酒的颜色,每颗都是半透明的。瓦莱丽·博尔热吃的每一颗都在她的舌头上发烫,圣尼各老修女的果子在她工作服的褶子里,她看着瓦莱丽·博尔热笑。圣婴修女让马里耶勒·巴兰重复刚刚说过的话。马里耶勒·巴兰从长凳上惊跳起来,用惊恐的眼神环顾四周。每个人都屏住呼吸。圣婴修女说,我在等。接着什么也没发生,于是圣婴修女让马里耶勒·巴兰告诉她马、甲、盔、剑这几个词的含义。爬上大理石楼梯后,你看到到处都写着关闭,告示牌下方放着围栏,好让你打消走那条路的想法。你往后撤。你不能说话。你被带到了从花园尽头可以看到的修道院里。那儿有你不认识的修女,因为她们一直在围栏那头。当你从种着金合欢的小路穿过公园时,能看到她们的花园,但你不能进去。有一个石头做的壁龛,里面摆放着一尊从花园地里挖出来的高卢罗马时期的雕像。你偷偷靠近壁龛,发现那是一个站着的、双臂展开的女人。她的小腿在动。小腿和大腿很长,构成了一个比身体其他部分更大的整体,这就是为什么这个女人看起来很宏伟,你感觉她在不断向上收缩,直到头部消失在星辰中。但这不过是一尊来自高卢罗马墓地的小雕像。你在一间带大窗户的房间里,窗户后面有树木在移动,房间里有桌子和带草垫的椅子。地板是大理石的,和刚刚你在修道院里路过的所有地方一样。你带了笔记本,想在上面写什么都可以。圣婴修女不会看。你坐在椅子上。你可以走动,只要保持房间安静。你可以做手工,可以缝补衣物,可以画画,可以用小刀雕木头。这就像加长版的课间休息,只不过只能小声说话,当你想跟别人说话的时候也可以在笔记本上写下要说的话,然后让对方把回答也写在笔记本上。没有人监督,因为圣婴修女说,我相信你们,希望你们也值得我的相信。你就是这么做的，你没有大声说话，没有在房间里跑来跑去，没有移动家具，你很高兴没有人在监督，如果有人从走廊经过，仔细听房间里的动静，不会听见噪声。你可以阅读。纸上印着用打字机打出的一篇帕斯卡尔的文章。你在读它。它是这样开头的，就让人思索整个自然界的崇高与壮丽吧，这叫作人的比例失调，修院长把它发给你们，说不会对它进行任何阐释，说请你们把它重视起来，建议你们经常拿出来读一读，把在读这篇文章时想到的东西都记在笔记本上，这是一个很好的练习。你手边还有一些圣人的生平，圣方济各的生平、圣加大利纳的生平、圣女大德兰的生平、圣阿芒的生平、圣埃斯泰夫的生平、圣埃尼米的生平，还有其他圣人的生平，但你不往下读了。卡特琳·勒格朗打开笔记本，在第一页写下，思想中除我以外之一切禁锢我。卡特琳·勒格朗在这句话下面的地方画画。她试图画出奥波波纳克斯，但什么也画不出来，于是卡特琳·勒格朗决定用文字代替图像。她在第二页顶部居中位置写下奥波波纳克斯几个大字和一个冒号，冒号后面写着，可以伸展。无固定形状，因此不可描述。界，既非动物界，也非植物界，亦非矿物界，即无法界定。情绪，不稳定，不建议与奥波波纳克斯来往。卡特琳·勒格朗移到下一行，依然用端端正正的字写下，奥波波纳克斯现形小史，然后再换一行大大地写下，例如，接着是冒号，然后，你把头伸进桌肚。圣婴修女或格朗吉耶老师或圣儒略修女或圣依玻理修女敲了敲尺子，示意你关上课桌。你知道要关，但就是做不到。什么东西在阻挠你。你只能把桌面关到某个程度，它不愿意继续往下，往里面看也看不到什么东西，再怎么往下按桌面都岿然不动。这就是奥波波纳克斯。于是圣婴修女或格朗吉耶老师或圣儒略修女或圣依玻理修女生气了，以为你是故意的。不应该跟它对抗。应该表现得好像什么也没注意到似的，有必要的话可以用一两本书卡住桌面，即使和其他桌面不在同一水平面上，也不一定能看出来。你坐在卧室的桌前，或者躺在宿舍的床上。浴室或者更衣室水池里水滴滴落的声音让你心烦。你起身去拧水龙头。好了。不滴了。又开始了，现在水滴滴落的速度慢得让你崩溃，它拉成丝，簌簌作响，在它落下的那刻另一滴水滴也立马跟着掉下来，发出啪啪两声。这就是奥波波纳克斯在作怪。你躺在黑暗中，感觉有什么东西抚过你的脸，这也是奥波波纳克斯。或者你独自一人在房间里，下意识地一转身，撞见一个正在移动或正在消失的黑影。或者你看着镜子里的自己,它像雾一样遮住了你的脸。这时不要气馁,只要盯着镜子,装作什么也没注意到,它就会消失。卡特琳·勒格朗合上笔记本,因为妮科尔·马尔正越过她的肩膀看她写的东西。卡特琳·勒格朗走进走廊另一头、正对这间房间的小教堂。当你看着小教堂的门时,你以为会进入一个与刚刚离开的房间相似的房间,但在这个小教堂里,光线透过粉色、赭色、紫色的玻璃窗照射进来,墙壁闪着光,祭台上的金子闪着光,祭台由一整块石头做成。地上的花瓶里插着海芋、玫瑰和孤挺花。洛朗斯·布尼奥尔跪在祭坛的栏杆前。最后一张长凳上坐着安娜·热利耶和玛丽·德莫纳,她们在给彼此看图画。人需要动物协助工作。卡特琳·勒格朗在心里打了一个括号,和填饱肚子。比如山羊、绵羊、牛、猪。书上是这样写的。你正在上地理课。你在笔记本上写,耕种和养殖,这是标题。被舅舅套上挽具的小牛是在帮他工作,但小牛不太喜欢这样,它们甩着缰绳,晃着拉杆,沿着满是车辙的小路奔跑,为了让它们平静下来,舅舅对它们喊了些什么,但它们没有平静下来,反而全速奔跑起来,整个车都在晃,忽然两只中的其中一只慢了下来,抖了抖背，尾巴拍了拍腹部两侧，停了下来，而另一只没停下来，还在往前跑，最终它也停了下来，因为除了舅舅和车外又多了一头牛要拉。靠路堤一侧的牛开始吃草，另一只哞哞叫，舅舅拽着缰绳，喊它，生它的气，恳求它，不打它，因为他爱它。还有那只倒挂在谷仓里的猪，这不是在舅舅家，它的后蹄被吊了起来，它看起来也不是很乐意，它被割了颈动脉，血流进地上的盆里，它尖叫着，因为放血持续了一会儿，所以你听见它在尖叫，在奋力地拉扯喉咙，发出嘶哑的声音，它的肺炸开了，但这是好事，有用处，杀它的人很高兴，这样才能把血逼干，直到滴下最后一滴血，猪才停止尖叫，这样的肉才好吃，才通气，等等。在这个章节的照片里，第一页是田野，田野后面是山脉，看了图注发现是希腊。第二页还是田野，但后面没有山脉，田野上有很多白色的牛，越往后牛越小，最后变成了白点，白点旁边是农场，有两个顶，一红一黑。下面写着沙罗勒草原。第三页一整页是一张照片，应该是张鸟瞰图，因为除非站在一座非常高的山上，否则没办法把这么多景色尽收眼底。前景是起起伏伏的树木，后面是一座墙，从这页的左上角一直延伸到右下角，墙上有凹槽，看起来像中国的长城。墙的中间是断开的，留出了一条通道，路那头通向由几座建筑物组成的大房子。背景中有很多房子，但它们小到即使你眯着眼睛也看不出它们有没有窗户。这些房子后面的白色线条很明显也是房子，可能因为离得太远，可能因为拍得太快，或者离得远又拍得快，它们像一团堆叠在钴蓝色山脚下的白色糊状物，也可能是因为相机像素不够高。圣婴修女在讲游牧民族的生活，列举了圣经里的富拉尼人、图阿雷格人和希伯来人的例子。他们有骆驼，因为骆驼需要在锋利的石头和荆棘上行走，所以晚上必须给它们修蹄，蹄上的老茧也要去除。在这个章节中间的照片里可以看到高大的绵羊后面跟着高大的牧羊人。他们是土耳其人。他们没有骆驼，他们不需要骆驼，他们在茂密的草原上，他们不需要带绵羊走很远的路去吃草，这些羊很幸运，有些地方的羊必须先用口鼻推开石头，然后在石头后面找木块、干树枝，运气好的话能找到欧马桑，还有刺柏。圣婴修女在讲季节移牧和粗放畜牧。玛格丽特-玛丽·勒莫尼亚勒用吸墨纸做了一些小球，她把它们放进地板上的一个圆洞中，她用尺子推它们，把洞填满，然后把小球压实，直到又可以往里塞小球为止。她塞了很多小球，她对卡特琳·勒格朗说她要在下面房间的天花板上钻一个洞,那是礼拜天做弥撒的地方。卡特琳·勒格朗说可以用橡皮,因为橡皮更重,她把自己的橡皮递给她,橡皮不小心掉在了地上,你听见橡皮在教室地板上滚动的声音。卡特琳·勒格朗说她要在不被圣婴修女发现的情况下去捡橡皮,于是她顺着长凳往下滑,直到膝盖跪在地上,她在课桌下面爬,从朱利安娜·蓬和玛丽·德莫纳中间经过,她看到了她们的小腿和膝盖,接着从妮科尔·马尔和安娜·热利耶中间经过,她也看到了她们的小腿和膝盖。你听见圣婴修女问,卡特琳·勒格朗去哪儿了,卡特琳·勒格朗伸出头来,头发遮住了眼睛,妮科尔·马尔和安娜·热利耶哈哈大笑。圣婴修女问,你在那里做什么,玛格丽特-玛丽·勒莫尼亚勒站起来说,她在找橡皮,修女母亲。现在是四点半的课间休息时间。玛丽-若泽·布鲁、安娜-玛丽·布吕内、朱利安娜·蓬在玩滚球的游戏。你在院子最平坦的地方挖了几个考究的洞,它们从一个课间留到了又一个课间。它们很圆。洞与洞之间的距离是有讲究的,要遵循明确的规则,两个洞之间的直线距离要成一定比例。比如第一个洞到第二个洞的距离是第二个洞到第三个洞的距离的一半,直线与直线之间要形成一定的夹角,所以地面上出现了很多杂乱的几何图形，共用一条边的三角形、四边形、五边形、六边形以及你叫不出名字的多边形。你让球在地上滚，如果击中了对手的球，就可以占领对方的一座城池，也就是其中的一个洞，你用棍子在洞周围画一个圈，表示这座城池被攻陷了。你也可以让球滚入对手的一个洞来奇袭她的城池，但这更难，因为很难一次成功，而对手却有足够的时间发现你的意图并采取防御措施。德尼丝·科斯和卡特琳·勒格朗一边讲话一边并肩走着。德尼丝·科斯告诉卡特琳·勒格朗宿舍里有一个看不见的幽灵，圣西尔维斯特修女还没上床的时候，它会用圣西尔维斯特修女的拖鞋敲圣西尔维斯特修女的金属床板。德尼丝·科斯说幽灵每天晚上都会出来，这件事最早是瓦莱丽·博尔热提起的，德尼丝·科斯说自从瓦莱丽·博尔热跟她提了之后，她每天都在留意，现在她也听到了，千真万确，证据就是那噪声没什么规律，德尼丝·科斯说应该去抓它，但瓦莱丽·博尔热不同意。卡特琳·勒格朗问德尼丝·科斯，索菲·里厄睡觉的时候是不是真的会磨牙。德尼丝·科斯说从她的床上听不见，但索菲·里厄隔壁床的安娜-玛丽·布吕内听见她磨牙了，还说已经影响到她睡觉了，因为索菲·里厄不只是磨牙，有时她的牙齿会突然咔嚓一咬，而这时正好是安娜-玛丽·布吕内刚要睡着的时候，她会被吓醒。德尼丝·科斯告诉卡特琳·勒格朗，安娜-玛丽·布吕内经常让索菲·里厄不要发出声音，但索菲·里厄说她也没办法，她不是故意的，她自己感觉不到。德尼丝·科斯走在卡特琳·勒格朗旁边，没有说话。突然她对卡特琳·勒格朗说，如果她保证不告诉其他人，她就告诉她一件事。卡特琳·勒格朗保证不会告诉其他人。于是德尼丝·科斯带她去了一个没人的地方，在有雕像的院子后头。那儿长着和卡特琳·勒格朗、德尼丝·科斯一样高的菊芋花。如果你用手指顺着它的茎往下摸，会觉得毛毛糙糙的，因为茎上有数以千计的芒刺，茎是穗状的，上面有白斑。德尼丝·科斯摘下一片树叶，放在手里揉搓，说，你知道吗，瓦莱丽·博尔热在写诗。卡特琳·勒格朗没有接话。你沉默了一会儿。卡特琳·勒格朗问，你读过那些诗吗？德尼丝·科斯说，没，她不愿意给别人看，你别告诉她我跟你讲了啊，可不能告诉她。你看到安娜-玛丽·布吕内穿过院子去摇课间结束的铃。于是你慢慢穿过两个院子，朝台阶的方向走去，你要在那儿排队去自习室。你在小教堂里。花园尽头修道院里的所有修女都在自己的祷告席上，或者围着管风琴旁的圣依纳爵修女。花园尽头修道院里的修女们、学校里的修女们，甚至连修院长，都蒙上了面纱。很难从她们的身形辨认出谁是谁，也辨别不出她们的声音，她们的声音时而尖锐，时而又低沉下来。你听到的是素歌。愿呼唤你的耶稣接纳你。祭坛栏杆前的支架上放着一口棺材，一块黑布从棺材两侧垂下来，黑布铺得端端正正，两个白色十字架对称地出现在左右两侧。流苏挂在四个角上。棺材里的尸体是一位你不认识的隐居修女的。亡者弥撒开始。神父里面穿着白色长衣，外面披着黑色祭袍，脖子上围着黑色披肩。圣巴尔纳博修女跪在祭坛里做弥撒，因为她需要看清自己的动作，所以她没有蒙面纱。你没有说，我就要走近天主的祭台前，走近我最喜悦的天主面前，因为这是为死人做的弥撒。神父跪在祭台脚下念诵，我向全能的天主忏悔。在厨房工作的圣多玛斯修女也来了。负责花园工作的圣尼各老修女也在。弥撒被缓慢地吟唱出来，平时一下子就能念完的每一句祷文都会反反复复唱上好几遍，尾音也被拖得很长。平时的弥撒半小时就能结束，今天的看来要持续一个半小时。这就是为什么今天学生们可以破例在做弥撒前吃早餐。修院长担心香烛的味道会让空腹的学生晕倒。你看见神父张开双臂,合上双臂,走向祭台,亲吻石头。他站在祭台的右边诵唱圣诗。你听见垂怜经。上主求你垂怜三次,基督求你垂怜三次,上主求你垂怜又三次。因为棺材里装着死人,所以没唱光荣颂。神父再次亲吻祭台的石头,他转过身来,祭台在他身后,他看着每个人,张开双臂,合上双臂。他说了一句拉丁语祷文,等他说完直到永远,你说阿门。圣若翰洗者修女用法语大声朗读使徒书信,这是圣保禄写给得撒洛尼教徒的信,弟兄们,关于亡者,我们不愿意你们不知道,以免你们忧伤,像其他没有望德的人一样。然后你又听到几首弥撒曲,有安魂曲,有末日经。末日经在弥撒经本里占了两页。这是你第一次听。圣若翰洗者修女再次站起来读福音书。圣若翰洗者修女说,根据若望福音,当时玛尔大对耶稣说,主,若是你在这里,我的兄弟决不会死。没有信经。神父再次转身,张开双臂,你听见奉献经的歌声响起。神父洗了手,又做了一些祷告,现在在唱欢呼歌,尽管这是给死人做的弥撒,欢呼歌依然是仪式的一部分,于是你说,欢呼之声响彻云霄。等你唱完这首歌后,神父用拉丁语做了关于面包的祈祷,又做了关于葡萄酒的祈祷,他依次把祈祷物举在空中,与此同时圣巴尔纳博修女摇响铃铛，你低下头。卡特琳·勒格朗看到瓦莱丽·博尔热跪在她前面，她的后颈从头发中露出来，头发在重力的作用下沿脸颊左右两侧垂下，中间出现了一条从额头一直延伸到颈椎的几乎笔直的发缝。卡特琳·勒格朗发现是因为瓦莱丽·博尔热低着头，她的头发才会这样。这是你第一次看到瓦莱丽·博尔热露在外面的脖子，这时候你意识到你不喜欢长头发，衣服外面的头发显得很邋遢，只有当它因为重力垂在前面，露出瓦莱丽·博尔热金色、修长的脖子时，长头发才是好的。其实是她的小头发和汗毛让她的脖子看起来是金色的，因为瓦莱丽·博尔热的头发不是金色的，而是偏古铜色。当瓦莱丽·博尔热抬起头时，头发仍然垂在她胸前两侧，仍然保持分开的状态。卡特琳·勒格朗看到瓦莱丽·博尔热正在把口袋里的硬币拓到她的弥撒经本上。她先将一枚硬币放在弥撒经本的右页上，然后将左页盖住右页，她尽可能地让左页贴合硬币，直到硬币的纹路在纸上显现出来，她用拇指小心翼翼地按压，以免硬币像饼干模具一样戳破纸张。接着她捏住纸面上形成的圆圈，用圆头铅笔在上面轻扫。于是在她的弥撒经本上，在正典中央，红色首字母稍下的地方出现了硬币的一个面。她拓了一枚又一枚硬币,等她把所有硬币都拓过一遍之后,她又接着拓已经拓过的硬币,这页弥撒经本上密密麻麻排满了硬币的拓印。瓦莱丽·博尔热不会像玩抛硬币时那样选择正面或反面,而是先把纸贴在硬币的正面,拓出头像或半身像,再把硬币翻过来拓背面的图案。至于那些花纹几乎已经磨平的硬币,她先在拇指上抹上铅,再把拇指放在硬币上轻轻擦拭,直到图案在纸上显现为止。弥撒终于来到了领圣体的步骤,于是你看见蒙着面纱的修院长、圣若望由天主者修女、圣十字保禄修女、圣亚历山大修女和圣若翰洗者修女走到教堂中央的过道。瓦莱丽·博尔热突然合上弥撒经本,你看不到亡者弥撒的序言和羔羊颂中间的那些铅笔拓印了。你听见硬币在地上滚动的声音,但是没有一个修女把头转过来,反正戴着面纱什么也看不见。修女们排成一列走向祭台。你依次看见圣若翰洗者修女、圣文德修女、圣亚博那修女、圣依玻理修女、圣尼各老修女、圣额我略修女、圣婴修女、圣儒略修女、圣方济各修女、圣多玛斯修女、圣西尔维斯特修女、圣依纳爵修女。当她们经过长凳边时,你还是可以通过声音和身形认出她们。你听到她们用尖锐、单一的音调唱着主,我当不起。管风琴的琴声停下了，因为圣依纳爵修女正蒙着面纱经过中央过道。修女们并排跪在祭坛前，神父每拿起一块圣体走到一位修女面前，都会说我主圣体等等，你看见修女揭开面纱，双手举在嘴前，以便神父能够把圣体靠近她的嘴巴。学生们不用领圣体。那些你不认识的花园尽头修道院里的修女们现在一个接一个地经过中央过道。瓦莱丽·博尔热用脚把硬币够到身旁，然后弯腰把它们捡起来。瓦莱丽·博尔热猛地朝左后方扭头，把脸上的头发甩掉，然后把手和手臂伸到头发下面，把头发从衣领里掏出来。学生们在中央过道上排成一列，依次走到棺材前，轮到你的时候，你拿起圣水桶里的圣水刷，在棺材上方画一个十字，圣水桶提在祭坛台阶上的圣巴尔纳博修女的手上，整个过程伴随着再次响起的管风琴声，伴随着从永恒之死亡中拯救我的歌声，这个段落重复了好几遍，主啊，赐予他们永恒的安息，让永恒的光照耀他们，你背对着棺材走向出口，看见学生的队伍沿过道朝你迎面走来。圣额我略修女监督大家做手工。玛丽-若泽·布鲁、洛朗斯·布尼奥尔、朱利安娜·蓬在做皮夹。你把用作皮夹翻盖外皮的一条皮革平铺在桌上，把一条跟皮革同色的绸缎放在皮革上，绸缎的面积要比皮革小一些，这样才能把皮革的边缘翻到绸缎上把绸缎包住，再把皮革和绸缎缝起来，这样就有了一张带衬里的外皮，接下来准备两条更窄的绸缎，把它们叠到第一条条带上，用皮革包边，最后再准备一条缝有绸缎内衬的皮革条带，它的面积最小，用来做皮夹的内皮，当皮夹打开时，最后一条条带的皮革面便会露出来。马里耶勒·巴兰、索菲·里厄、妮科尔·马尔、玛格丽特-玛丽·勒莫尼亚勒、德尼丝·科斯在装订书本。妮科尔·马尔一边调整堵头布一边把它缝进书脊。马里耶勒·巴兰在用皮刀把皮革削薄，圣额我略修女站在马里耶勒·巴兰旁边看着她，因为皮刀可能会切出很深的伤口，甚至切断手指。圣额我略修女把双手放在身前，随时准备靠近马里耶勒·巴兰，从她手中拿走皮刀，但不到迫不得已她不会这么做，只有当马里耶勒·巴兰在皮革上打了一个洞时，圣额我略修女才会拿走皮刀，告诉她这样拿皮刀是不对的。玛格丽特-玛丽·勒莫尼亚勒快要完成了，她的书已经用压书机压过了，她正在贴封面和封底背面的环衬。玛格丽特-玛丽·勒莫尼亚勒的书的书脊很光滑，因为圣额我略修女不让做书脊上凸出的竹节，圣额我略修女也不让做半皮精装，所以玛格丽特-玛丽·勒莫尼亚勒的书是全皮的，但是德尼丝·科斯的是例外，因为没有足够的皮革给她了，圣额我略修女只好让她的封面裸露在外。瓦莱丽·博尔热正在抛光鹅卵石，让它们的一端比另一端鼓一些，做成鸡蛋的形状。她把两个鹅卵石放在一起摩擦，时不时会发出一道让人很难受的声音，当有碎屑脱落，在两块石头间翻滚、被挤压时，甚至会发出尖锐的吱嘎声。卡特琳·勒格朗决定做一个植物标本集，她从她在一点半的课间休息时摘的花开始做。硫酸纸不会把干掉的花弄破，在拿到硫酸纸之前，可以先用胶带把花贴在图画本上。你没有很多花。只有金雀花、两朵玫瑰、一朵百合。需要把地图册和字典放在花上把它们压平。当你看着它们的时候，你又不舍得压坏它们了。卡特琳·勒格朗问圣额我略修女能不能在她的植物下面加一些图注。圣额我略修女说，是个好主意，毕竟你也没有其他事可以做。于是卡特琳·勒格朗让瓦莱丽·博尔热从她课桌里的页岩块上取一块云母下来。瓦莱丽·博尔热把石头递给她，让她自己切。卡特琳·勒格朗借来了马里耶勒·巴兰的皮刀。一开始切下来的净是些碎屑。于是卡特琳·勒格朗把刀尖插得更深，插进黏合云母块的石英颗粒中。卡特琳·勒格朗把皮刀当作撬棍，成功得到了一小片完整的云母。看着她操作的马里耶勒·巴兰抱怨起来，因为刀刃上出现了一个缺口。卡特琳·勒格朗用单面胶把云母片粘在金雀花旁边。她用墨水在下面写，而你／温柔的金雀花／你用芬芳的枝叶装点这片荒芜的乡野。云母片用来说明诗句的最后几个字。这是卡特琳·勒格朗今天早上翻译的一首诗中的一节，她现在明白了诗的含义。她在同一个笔记本中发现了圣依玻理修女布置的一段翻译作业，她正在把它抄到两朵玫瑰花下面的空白处，海与天吸引着大理石平台上簇簇初绽而刚强的玫瑰。卡特琳·勒格朗觉得效果不错，只是她的字不太漂亮，也不知道该怎么把句子写直。百合花下面还缺点东西。卡特琳·勒格朗想起一首诗，妮科尔·马尔背过几次，那是她父亲教她的。于是卡特琳·勒格朗坐到妮科尔·马尔旁边，但妮科尔·马尔心情不太好，因为堵头布进展得不太顺利，她把红的、绿的丝带缠在了一起。卡特琳·勒格朗跟她说了几遍，最后妮科尔·马尔让她滚蛋。当卡特琳·勒格朗回到自己座位上时，她听到妮科尔·马尔在大声唱歌嘲笑她，在平静的黑色水波上繁星沉睡／洁白的奥菲莉亚像一朵大百合花漂浮着，趁着还没忘记，卡特琳·勒格朗赶紧把诗句听写下来，不去管大百合花漂浮着后面的话。卡特琳·勒格朗把这句诗誊到图画本上百合花下面的空白处。在图画本的第一页上，卡特琳·勒格朗用黑墨水再次写下大大的思想中除我以外之一切禁锢我／在西班牙和法兰西筑起城堡。洛朗斯·布尼奥尔和安娜-玛丽·布吕内按照吩咐把卡特琳·勒格朗的植物标本集递给瓦莱丽·博尔热。瓦莱丽·博尔热把鹅卵石放在桌上，腾出手来接笔记本，于是鹅卵石与鹅卵石摩擦的声音停止了。瓦莱丽·博尔热正捧着笔记本，读卡特琳·勒格朗在笔记本上写的东西。从卡特琳·勒格朗的位子上几乎可以看见笔记本上的大字。瓦莱丽·博尔热合上笔记本，把它递给安娜-玛丽·布吕内和洛朗斯·布尼奥尔，卡特琳·勒格朗还没来得及告诉她，她可以留着笔记本，这就是为她做的。之前被圣儒略修女带去修理会客室电气设备的诺埃米·马扎走进教室。现在是四点半的课间休息时间。德尼丝·科斯手里拿着一叠抹着黄油和果酱的吐司走下台阶，然后朝雨棚底下的卡特琳·勒格朗走去，卡特琳·勒格朗装作没看见的样子，她跑了起来，跳过两个院子间的隔墙，一直跑到院子尽头崖柏树篱前的雕像那里。玛丽·德莫纳和安娜·热利耶坐在雕像后面吃吐司。你看见她们对着吐司张开嘴巴，对她们上下颌张开的程度来说，吐司切得太厚了。瓦莱丽·博尔热没有跟她们在一起。卡特琳·勒格朗问玛丽·德莫纳和安娜·热利耶有没有看见瓦莱丽·博尔热。玛丽·德莫纳和安娜·热利耶说没看见，但看见韦罗妮克·勒格朗在玩球的时候摔倒了，看管课间的圣婴修女把她送去了医务室。卡特琳·勒格朗掉头穿过院子，跑去医务室。她经过修女们的房间，门开着，你看见修女们并排坐在一张桌子前。卡特琳·勒格朗跑上楼，敲了敲门，里面传来一声进来，你进门后看见韦罗妮克·勒格朗坐在一张椅子上，圣方济各修女蹲在她面前，地上摆着一盆水。韦罗妮克·勒格朗的膝盖上有一个大洞，圣方济各修女正在用一团棉花擦拭它，但你看见棉花一下子就被流淌的鲜血染红了。圣婴修女站在开着的窗户旁，她看着这一幕摇摇头说，真可怜，肯定很疼，但韦罗妮克·勒格朗笑了笑，卡特琳·勒格朗弯下腰亲了亲她。圣婴修女对卡特琳·勒格朗说，好了，你照顾她吧，说完就离开了。医务室的床上没有人。白色的被子铺得平平整整，卡特琳·勒格朗不敢往上坐。圣方济各修女站起来说，接下来会有点痛，孩子，忍耐一下，抓住椅子，你看见她把九十度的酒精倒在一团干净的棉花上，然后把它按在韦罗妮克·勒格朗的膝盖上，韦罗妮克·勒格朗没有抓椅子，而是俯身看着圣方济各修女轻拍她的膝盖。然后，圣方济各修女给她涂上红药水，盖上纱布，绕了几圈，在膝盖后面打了个结。圣方济各修女扶韦罗妮克·勒格朗站起来，摸着她的后脑勺，送她到门口，问她还好吗，告诉她晚上还要好好清洁一次伤口。卡特琳·勒格朗和韦罗妮克·勒格朗关上医务室的门。卡特琳·勒格朗牵起韦罗妮克·勒格朗的手。韦罗妮克·勒格朗一直弯腰去看她的绷带，她不敢把脚正常地放在地上，因为她一弯膝盖就会疼，所以她总是先迈出一条腿，一瘸一拐地往前走。卡特琳·勒格朗问她需不需要陪在她身边，韦罗妮克·勒格朗说她更想去找班上的女生玩。卡特琳·勒格朗放开了她的手。过了一会儿，卡特琳·勒格朗遇到了索菲·里厄，问她有没有看见瓦莱丽·博尔热。索菲·里厄告诉她好像看见瓦莱丽·博尔热在种着金合欢的小路上散步，她疯了，她的纪律分要得零分了。在雨棚下等卡特琳·勒格朗的德尼丝·科斯看见卡特琳·勒格朗正在离开院子，朝修女禁止学生去的公园小路走去，她没来得及加入，现在又不敢跟过去了。卡特琳·勒格朗穿过一个又一个小树林，没看见瓦莱丽·博尔热。

走向菜园时,你发现瓦莱丽·博尔热躺在棚架下面。她正在看一本卡特琳·勒格朗不知道的小说。她用一只小臂撑着身体,看着不知如何是好的卡特琳·勒格朗。最后你看见她在瓦莱丽·博尔热的身边坐下,瓦莱丽·博尔热对她笑了一下,又继续看书。瓦莱丽·博尔热的黑色罩衫起了皱,落满了木屑、稻草和灰尘。抬起头,你看见爬藤玫瑰白花、红花和叶子之间的一方天空。卡特琳·勒格朗摘下一朵玫瑰,不自觉地开始蹂躏它,这让瓦莱丽·博尔热放下书说,你在做什么,于是卡特琳·勒格朗扔下玫瑰,把粘在手指上的两三片花瓣扔在了瓦莱丽·博尔热的脸上。瓦莱丽·博尔热笑着甩了甩头,仰面躺下,继续看她用双手举在眼前的书。卡特琳·勒格朗用一块木头在地上写字,为了让你看清楚,她仔细地刻出每个字母的轮廓,她就这样写下了,愉快的休憩／满满的安宁／请每晚继续吧我的梦。瓦莱丽·博尔热坐在她旁边,你听见她在大声辨认地上的每个字,你看见她别着头发的耳朵,你听见她说,这不是你写的诗,你没有听见她说她在课桌里发现了这句诗,是卡特琳·勒格朗的字迹。

主教的去世让全城陷入哀悼。你走在街上。人群聚集在主教府所在的城中心。你俯身趴在城墙上,看着乱石间的紫罗兰。把茎摘下来用手指捻搓,手上便会留下黄色的液体。有人用它来治瘊子。你会参加葬礼。你们会排成长队。还会有其他学校的女生穿着跟你一样的海军蓝制服。那天你不用上课。前一天,你会去展示遗体的大房间里祈祷,一个被蜡烛环绕的瞻仰室。要先在门口等,因为房间里已经挤满了人。你听到里面窃窃私语的声音,嘈杂得像哀歌一般。你看不见哭泣的人。你进的那个大房间和周围的房间看起来就像一个蜂巢,人们进进出出,你被推到挂着黑布的黑色灵柩台上。顶端形成一个平台,像墨洛温王朝的祭台,旁边会有侧梯通往主教的椅子,椅子在高处,从任何角度都可以瞻仰，它睥睨着挤在浅浮雕周围的信徒们。但在这个平台上，除了拉开的黑布外什么也看不见。在一片晦暗的红海中你感到呼吸困难。这颜色来自插在各种细颈瓶、双耳尖底瓮、高脚杯、敞口罐里的鲜花。有簇状的花、钟状的花、圆锥状的花，有带雌蕊的花，有大个的重瓣花。可能是叶片宽大的美人蕉，绿色中夹杂着石榴红，可能是毛地黄、半边莲、茜草、苋菜，花朵都是钟形的，有的单朵有的成簇，高、中、矮茎的都有，可能是花瓣已经开始掉落的牡丹花，蔫头耷脑或含苞待放的玫瑰花，高茎的大丽花，剑兰，直而尖的郁金香，有的形似红色的百合花，可能是橙红色的非洲菊和与它们酷似但个头更大的翠菊，盆里不带茎的花可能是剪过枝的凤仙花或银莲花。蜡烛的火焰在来往人群制造的气流中摇曳。不知道会不会有仪式。不知道灵柩台另一侧相互倚靠的两位黑袍神父在说什么。你跟在圣若望由天主教修女的身后缓慢前进。你看见她手里拿着一串木念珠，这串念珠通常垂在她长裙的褶子处。蜡烛上的蜡不断受热，变成液体，散发出一种气味。闭上眼睛，眼皮后面发红发烫。人群和灵柩台之间有一道红色的屏障，一层升腾又下坠的雾气，一些地方被撕开了口子，随着身体的骚动散开又并拢。你等着一长串拉丁语挽歌从一个胸腔中生发，或许是从一位教士的胸中，他交叉双手放在一本祈祷书上，低垂着头，或许是从一位农妇的胸中，她身着黑衣，把一束野蔷薇或罂粟花抵在胸前，接着每张嘴都会跟着诵唱起来，像哀号一般。一缕阳光越过腾空的帷幔洒在地毯上。你在没有碰到灵柩台的情况下绕着它走了一圈，随着人群的推挤慢慢来到房间外，你在阳光下眨巴眼睛，站在石阶上等了一会儿，为了给汹涌的人潮让路，也为了看看石井、红色的石头和石井栏、庭院的铺路石和墙上的紫色铁线莲。你在食堂站着喝了咖啡。你把杯子放在白色的桌子上。你听见金属勺敲击杯子、大理石桌子、石地板的声音。喝烫咖啡是为了清嗓子。你看见圣儒略修女站在桌子旁边，圣婴修女走向传菜梯，拿起自己带来的托盘。你透过敞开的门听见修院长走过去跟圣依纳爵修女说话。你们在街上排成两列长队。你没有往前走。圣婴修女、圣若望由天主者修女、圣儒略修女、修院长、圣依纳爵修女、圣额我略修女在排水沟里沿着队伍来来回回走。你看见她们的大斗篷忽然向后甩去。大教堂在广场的另一侧，一面既没有门也没有龛楣的巨大裸墙对着你，只有上面三分之一的地方有一扇玫瑰窗，从这个角度看很小。你要穿过广场,沿着大教堂走,经过刻在侧墙上的罗马高卢时期的小雕像。队伍不动了,因为你和人群都在拥向同一个方向。你走几步就停一下。大教堂侧边的大门已经开了。石头是红色的砂岩,抬头看会发现它们一直延伸到高处,形成一个整体。大教堂看起来像一座堡垒。你还没走到门口就听到吟唱拉丁语的声音。你的脚在地上蹭。你停在原地。你慢慢进入教堂。你被大教堂的冷气和此起彼伏的声音包围。你听见从祭坛出发的声音在各处回响,在耳堂中散开,蔓延到中殿,撞在巨大的立柱上。祭坛对面的墙将大教堂与广场隔离,把声音反弹回来,这让唱诗班的歌声听起来像是先由一个声音发出,随后立即散开,接着像被气潭或回声吸收了一般,最后在大教堂的各处释放。音效很差。声音在跟分散它的力量对抗。大教堂里挤满了想往前走的人。有穿罩衫的农民,有戴草帽、穿黑衣的农妇,有城里的商人,有学校的人,还有从其他地方赶来的教士,他们没有站在祭坛里,而是混在人群中。教堂里散发着和赶集时的广场同样的气味。圣婴修女说弥撒是由主教主持的。左侧的回廊被留出来,椅子被撤走了,里面站满了人,人们摩肩接踵,有的站在告解亭的台阶上看祭坛，有的踩在立柱的线脚和基座上努力保持平衡，但是柱子太粗，抱不住，还是掉了下来。你在侧廊里向前走，巨大的柱身挡住了你的视线。独立的圆柱与嵌入墙体的柱子一样庞大。你在教堂侧边的一个小教堂里停了下来。你看见两根绳子把一块浅浮雕碎片悬在祭台上方。那是一个在光轮中的人物，光轮由两条曲线构成。他似乎坐在上面的半圆上，双腿垂在下面的半圆前，双脚踩在类似凳梯的东西上，一条手臂在手肘处弯折，几乎呈L形，拇指和食指也弯曲着，另一条手臂把一本书立在大腿上，你看见这只手握着书的边缘，手指贴在封面上。人物的头被斜削掉了一半，只剩下胡子、嘴巴和一只眼睛的眼角。长袍的褶子在肩膀上向内弯，在胸前形成了一个圆，圆上的布看起来贴在人物的身上，隆起的腹部上也有一个褶子形成的圆。下半身的几绺褶子几乎笔直地垂在了赤裸的脚上。你看见地上靠墙放着一尊头戴主教冠的主教卧像，身旁放着一把权杖。你想象着祭坛上穿着华丽祭披的主祭、副祭和主教。你想象着主教有时会坐在主教椅上，想象着一位副祭把权杖和主教冠递给他，他戴上主教冠。其他副祭在祭台前来来往往，几个拿着船形香炉，几个拿着球形香炉，有的拿着洒水壶、擦手巾，有的在搬动弥撒经牌,其中一个拿着圣水刷站在祭台前。可想而知没有唱诗班儿童。你看见圣婴修女几次踮起脚向主祭台前来来往往的人群张望,你不知道她有没有看到什么,你只看到她把脚跟放了下来,也许是因为踮累了。玛丽-若泽·布鲁和索菲·里厄在窃窃私语。卡特琳·勒格朗在妮科尔·马尔旁边。卡特琳·勒格朗和妮科尔·马尔没有说话。妮科尔·马尔仰头看着柱头。卡特琳·勒格朗盯着地上的石头、柱子的底部,她最高只能看到檐口,因为仰头看圆拱、拱门饰、尖拱或玫瑰窗会让人头晕。人群把圣婴修女、玛丽-若泽·布鲁、索菲·里厄、卡特琳·勒格朗、妮科尔·马尔与队伍前后的其他人分开。你没有试图跟上队伍,而是静静地等待弥撒进行。你离得太远,听不清拉丁语祷文,刺耳的钟声不时从远处传来,你不知道弥撒进行到哪一步了。人群纷纷开始对着举扬的圣体鞠躬,鞠躬的动作蔓延到门边、侧廊、小教堂和角落,直到所有人都弯下了腰。忽然你感觉人群骚动起来,气流穿过小教堂,让里面的烛火摇曳起来,你感觉人群又开始不自觉地移动。自己走是不可能的,只能任凭人流将你裹挟,让你不知不觉走向大教堂的墙壁,正门不在这面墙上,不像你预想的那样。从你所在的位置，也就是大教堂的内部，你看见在第一个半圆形后殿对面有第二个半圆形后殿，里面有另一个废弃的祭坛，一直延伸到中殿。教堂内部的半圆形后殿对教堂的外部结构没有影响，因为后殿外墙看起来就像堡垒的一面裸墙，一个与地面垂直的平面。你向右转进入中殿，阳光洒在浅灰色的柱子上，像淬过火的钢一样闪闪发光，你向前走，你听到管风琴的琴声在大教堂的各个地方以不同的方式传播，时而弱，时而强。卡特琳·勒格朗向后转，看到瓦莱丽·博尔热的头发，但立即被前面安娜-玛丽·布吕内的动作挡住了，瓦莱丽·博尔热的嘴也立即被安娜-玛丽·布吕内的肩膀挡住了。卡特琳·勒格朗想脱离队伍，站在一旁，等安娜-玛丽·布吕内、瓦莱丽·博尔热、玛丽·德莫纳走过来，但后面的人推着她的背，让她往前走，圣婴修女做手势示意她向前看，继续往前走，卡特琳·勒格朗也就看不见安娜-玛丽·布吕内、瓦莱丽·博尔热了。韦罗妮克·勒格朗在舞台上按照你不知道的既定路线移动，她向前走，往后退，她正沿着一条斜线行进，这是一条曲线或一个圆圈的切线。你在她的脸上看不见一丝笑容，她在跳舞，左手拿着弓。她的头发束成了月牙的形状，两个角高高翘起，在成排脚灯和聚光灯的照射下发出金属般的光泽。你在想韦罗妮克·勒格朗是不是阿耳忒弥斯的追随者之一,过了一会儿你发现她就是阿耳忒弥斯,她走上前,用一只脚急促地跺着地面。只有她在舞台上,周围女孩们的动作似乎都是由她的动作决定的,是她的背景,你看见她周围的旋涡随着她的一个手势停下来,这时她一动不动,绷紧腰部,全力拉弓。你在她的脸上看不见一丝笑容。你以为她会大喊,会跳起来,会使劲把腿、肩膀和脖子往前甩,让身体向前倾,冲向一个你看不见的地方,任由披在肩上的头发甩在脸上。但韦罗妮克·勒格朗没有大喊,她跟随着音乐的节拍。她从右侧返回舞台,在舞台中央双脚并拢停了下来,她笔直地向上跳,周围的女孩们弯下腰,她一动不动地看着她们。今天是修院长的生日。你坐在小教堂的长凳上。你们一边交头接耳,一边等待门口放哨的学生通知修院长的到来。舞台拉下帷幕。你听见后台传来嘈杂的声音,一会儿从右边传来,但更多时候是从左边传来,因为那是进出舞台的地方。你觉得是拖拽家具的声音,或者是拖拉支架或其他大型道具的声音。你听见在连接房间和舞台的木楼梯上跑上跑下的声音。你看见幕布中间的缝隙里忽然出现了一个人影,她撩起幕布的下摆来遮挡身体，然后立刻消失。过道右侧的第三排长凳上是马里耶勒·巴兰、妮科尔·马尔、玛格丽特-玛丽·勒莫尼亚勒、瓦莱丽·博尔热、洛朗斯·布尼奥尔、卡特琳·勒格朗。卡特琳·勒格朗站在过道里，等前面的学生就座。她会坐在瓦莱丽·博尔热旁边，因为排队走过来的时候瓦莱丽·博尔热一直排在她的前面。卡特琳·勒格朗站在过道里等待，就在这时，原本坐在马里耶勒·巴兰和妮科尔·马尔之间的洛朗斯·布尼奥尔起身从大家身前经过，插进瓦莱丽·博尔热和卡特琳·勒格朗的中间，于是卡特琳·勒格朗现在坐在洛朗斯·布尼奥尔的旁边，瓦莱丽·博尔热一边冲洛朗斯·布尼奥尔微笑一边跟她讲话。门口放哨的学生为了好玩，把门开了又关，关了又开，直到圣亚历山大修女过去叫她保持安静。于是你转身看见她一只手把着门，笔直地站在门框旁。忽然她大喊道，她来了，圣亚历山大修女、圣婴修女、圣依纳爵修女、圣依玻理修女、圣亚博那修女赶忙打手势，马涅老师开始弹钢琴。修院长快步走进房间，念珠不停地叮当作响，你看见鞋底交替消失在微微扬起的裙边下，面纱飘在后面，整件衣服都在随着小而急促的步伐起伏。修院长走路时身体像是没有移动似的，她走到前十排长凳的地方加快了速度，努力让自己的脚步不被进行曲的节奏带走，因为马涅老师敲击钢琴的力度越来越大，因为这是一首婚礼进行曲。韦罗妮克·勒格朗僵硬地站在舞台中央，一个窄窄的身体呈现在你面前。你感觉她在努力地保持静止，你等着她再次奔跑起来。你看到紧贴头部的金发闪烁着钢铁般的光芒，修院长在与第一排长凳保持一定距离的红色扶手椅上微笑着。学生们围着韦罗妮克·勒格朗跑，再跑回到她身边，一边跑一边踢腿，越跑越快，现在像马一样疾驰，好像能看到扬起的马鬃，你等待着韦罗妮克·勒格朗的叫喊声与她们的叫喊声融为一体，因为她用一大步从舞台的一头跳到另一头，加入了她们，你看到阿耳忒弥斯和她的追随者们消失在树林里，每个人都抬头挺胸，伴随着舞步，韦罗妮克·勒格朗的头抬得比任何人都高，你看到她的头和肩膀高于其他人，这让她成为你在树林中看到的最后一个身影，被阿耳忒弥斯的追随者们簇拥着的韦罗妮克·勒格朗。也是在今天，你听到了那首引人落泪的歌曲。修院长向坐在她旁边椅子上的圣婴修女倾斜过去。你看到她在她的耳边说了些什么。帷幕一拉开，你烂熟于心的场景就会第无数次上演。你看到一个顶着一头金色卷发的侍从跪在地上,这是一名高年级学生,她叫多米尼克·维尔斯。她跪坐着,吟唱一首情诗。温柔的面容与所有的美德/我能够承受您的辱骂/因为您是所有疯狂的终结。那个坐在矮凳上,长裙过膝,正在听她吟唱的女士可能是贝亚特丽斯·德·普罗旺斯。你看到吟唱情诗的侍从离开舞台又再次登台,这表示时间已经发生了变化,当侍从第三次回到舞台时,他没有唱情诗,而是扑倒在那位你不认识的黑发女士面前,乞求她,亲吻她的手,但她收回了手,然后拖着裙摆迅速离场,你看到侍从在地上抱头哭泣。当两个角色再次相聚时,多米尼克·维尔斯又开始唱歌,你看到张开的嘴唇、外露的牙齿、晃动的头发。你知道她是在向那位可能是贝亚特丽斯·德·普罗旺斯的女士道别,你看到女士摘下戴在食指上的戒指,把它交给多米尼克·维尔斯,你看到多米尼克·维尔斯从她伸出的并拢、摊开的双手中拿过戒指。多米尼克·维尔斯又一次出现,你没有立刻认出她,当你看到她的圣衣下闪闪发光的东西时才确定是她,因为现在她穿着僧侣的服装。接下来多米尼克·维尔斯表演着她如何要将那位可能是贝亚特丽斯·德·普罗旺斯的女士给她的戒指抛弃,如何要听从修道院院长的指示。你听到她早些时候向女士索要纪念物时唱的曲子。圣若望由天主者修女让玛丽-若泽·布鲁背诵拉丁语反身代词的使用规则,要求她先举个例子,然后用这个例子来解释规则。玛丽-若泽·布鲁在黑板前摆弄粉笔,时不时地转身面向全班同学,然后又把头转回黑板前,她还没有在黑板上写任何东西。你很无聊,你坐在凳子上,你是一条鱼,墙壁把你困在鱼缸里,靠墙站或靠墙坐时会往下滑,绿色让光线变得更浑厚,像某种半透明的东西,眼睛滑过它,你变成的这条鱼越来越大,它准备吞掉一排又一排凳子,它准备往前进,吞掉一切,吞掉学生,吞掉圣若望由天主者修女。当它变得和教室一样大时,它会挺一挺肚子,让尾巴打到天花板,把鳞片贴在窗户上,你会听到房子在摇晃。好像班里没有人似的,哪儿都没有人,你撞到各种各样的东西,撞到绿色,撞到玻璃,撞到许许多多穿不过的东西,必须一动不动地待在那儿,直到你听到有人说,你在做什么,你在做什么,你没在听课,直到你听到笑声,你不知道为什么要笑,比如当圣儒略修女说你在做梦的时候,每个人都很开心,你能看见咧开的嘴巴和露出的牙齿。一动不动的时间里应该做什么,在你甚至不知道自己在做什么的时间里应该做什么。你可以做什么。云在这段时间里从窗外掠过,即使没有风,即使看起来没有向前移动,它们也比在凳子上一动不动的你走得快,因为在同样的地方已经不是刚才你看见的那片看起来没有动的云了。既然在学拉丁语,你便试着在脑子里给 lento me torquet amore（慢悠悠的爱情折磨着我）找个调子,这是多米尼克·维尔斯让卡特琳·勒格朗跟着她从书上画过的手指一遍遍朗读的诗句,直到你把它熟记于心。你看着瓦莱丽·博尔热,她看着前方,她的人没在这儿,你不知道她在哪儿。你悄悄地问瓦莱丽·博尔热她在哪儿,她没听到,于是你试着替她回答,你说她在一个没有尽头的黑夜里,你说她趴在一匹黑白灰的野马上,颜色不重要,因为你看不见它,你说她散开的头发在风中飘扬,你看到她的手指插在马鬃里,裸露在外的膝盖上挂满了汗珠,你看着瓦莱丽·博尔热离开却不知道她要去哪儿,她张着嘴,露出牙齿。你觉得她也可能在别的地方,她脱离牵引着她的众星,你看着她越飞越远,那亮闪闪的凝胶在头顶旋转,她飞向一片银河。你想瓦莱丽·博尔热在哪里想得厌烦了,你看到圣若望由天主者修女在讲用 is（他）、ea（她）、id（它）代替反身代词的情况,拉丁语课上得很慢,瓦莱丽·博尔热依然保持着同样的姿势看着前方，你不知道该做什么，只好用手指敲桌子，伴随着脑袋里的曲子，慢悠悠的爱情折磨着我，你说它折磨着我，但你不知道。现在是四点半的课间休息时间。你看见韦罗妮克·勒格朗和妮科尔·热利耶以及几个你叫不出名字的女生跑过雨棚。你和妮科尔·马尔在一起。你在等寄宿生从食堂里出来。你在楼梯上透过敞开的门看到圣婴修女、圣依玻理修女、圣儒略修女在大厅里朝不同的方向走。你看到索菲·里厄、安娜-玛丽·布吕内、德尼丝·科斯走下台阶，她们努力让手里的吐司小山保持平衡，因为在向前走的同时，她们也在咬最上面的那片吐司，她们半走半停，嘴往前蹭，头往前伸，你看到面包屑、肉酱沫、火腿碎、奶酪碎掉了一路，果酱流到她们的手指上，等她们吃完所有吐司，会把手指上的果酱舔掉。你看到半开的口袋里装着苹果、橙子。你看着索菲·里厄、安娜-玛丽·布吕内、德尼丝·科斯走到小墙边坐下来，把吐司放在大腿上，除了正在吃的那片。于是你和妮科尔·马尔走到雕像后面。你用一根树枝在地上画画。不太圆的圆形、三角形、正方形、长方形，你不想在地上写下你的名字或其他任何人的名字。你不会画小人、头或房子，你继续画了更多的圆、更多的三角形、更多的正方形、更多的长方形，一个套着另一个，尘土扬起来了，你的手脏了，你向地上吐口水，阻止尘土飞扬或积聚在你的手上，要很多口水才能把土变成泥，而你没有足够的口水，被吐到口水的地方几乎看不出来，只比其他地方的颜色稍微深一些，细细的轮廓上残留着一点口水。你看到妮科尔·马尔已经到了崖柏后面，你听见她边跑边擦落树叶，折断树枝，你站起来看她在做什么，她在捉一只在大丽花上方飞舞的蝴蝶。她伸直双臂，将手帕举在身前。手帕太皱了，发挥不了作用，同时它又很硬，因为它很脏，也许妮科尔·马尔用它擦了鞋子。过了一会儿，妮科尔·马尔带着蝴蝶回来了，她坐在地上。她穿着一双没有拉好的米色羊毛袜，你看到袜筒在她的脚踝周围挤作一团。妮科尔·马尔坐在那儿，合着双手，手里握着蝴蝶。她抓住它，又把手打开一条缝，让它飞走。她用一只手抓住它的身体，用另一只手把一只翅膀按在膝盖上，轻轻地擦拭它，直到它褪色，圆点最早消失，就像附着在翅膀上的粉末一样，接着底色也消失了，最后你看到蝴蝶的翅膀透光了，它看起来像一片树叶，因为叶脉而显得透光。蝴蝶先用两只翅膀挣扎，然后用一只翅膀，现在它不动了，也许妮科尔·马尔无意中打到了它的头，不管怎样，她已经在摆弄另一只翅膀了，而且蝴蝶丑得要命。于是妮科尔·马尔撕下一只翅膀，然后撕掉另一只，蝴蝶的身体掉落在地上，妮科尔·马尔想让翅膀像栗树叶一样，当你用指尖剥掉叶脉之间的物质就能得到一个叶片的骨架，但蝴蝶翅膀做不到，因为它的薄膜会碎成小片，变成粉末。妮科尔·马尔甩掉手指上残留的翅膀碎片，站起来寻找掉在地上的蝴蝶身体，然后不停地跺脚，直到把它踩进地里。你看到玛丽·德莫纳、安娜-玛丽·布吕内、德尼丝·科斯、安娜·热利耶、朱利安娜·蓬、瓦莱丽·博尔热在一起。妮科尔·马尔和卡特琳·勒格朗穿过院子，朝玛丽·德莫纳、安娜-玛丽·布吕内、德尼丝·科斯、安娜·热利耶、朱利安娜·蓬、瓦莱丽·博尔热走去。你听见她们让瓦莱丽·博尔热把她在上个课间讲的故事讲完。瓦莱丽·博尔热玩着安娜-玛丽·布吕内的腰带。瓦莱丽·博尔热说，不，我不想讲。安娜-玛丽·布吕内把她拉到一边跟她说悄悄话。玛丽·德莫纳、德尼丝·科斯、安娜·热利耶、朱利安娜·蓬在努力地回想故事的第一部分讲了什么。妮科尔·马尔跳上她们旁边的石凳，跳下来，跳上去，跳下来。你看到安娜-玛丽·布吕内比瓦莱丽·博尔热更高。她们肩并肩走来走去。瓦莱丽·博尔热没有说话。安娜-玛丽·布吕内一边做手势一边说话,你看到她把手放进上衣口袋,用拳头把衣服往下拽,她旋转着,脚后跟在地里转出了一个洞,口袋里的拳头越插越深。卡特琳·勒格朗向院子尽头走去,诺埃米·马扎正在球网旁伸展身体准备击球,你看到她像跳起来一般,好像随时都能毫不费力地打出一记扣杀,让球网另一边的苏珊·普拉和纳塔莉·德勒即使趴在地上接到了球也只能任由球飞向各个方向,就是不往诺埃米·马扎那头去。我乃我之主,我乃宇宙之主,我乃主,我欲为主。啊,世纪啊,啊,记忆啊。杜耶老师向后仰着头,左臂伸在身前,右手举起桌上的书,又让书掉落在桌上。现在她的两只手靠在一起。你在上法语课。杜耶老师在谈崇高,她很喜欢高乃依和文生·德·保禄。杜耶老师解释崇高是有一定的自律,是对 passion 的控制。妮科尔·马尔在卡特琳·勒格朗旁边。她拽着自己的辫子,她拉下绑在辫子上的皮筋,一边拧辫子一边重新编最后一节麻花,然后她用挂在罩衫纽扣上的一根皮筋把辫子绑在胸前。杜耶老师把尺子啪地敲在讲台上。妮科尔·马尔惊叫着站了起来。杜耶老师让她坐下,专心听讲。

你听见说 passion 并不仅仅局限于它词源的含义，即性格的缺陷或忍受的事物。你听见杜耶老师说这个词最初指的是牺牲和痛苦，例如 passion du Christ（耶稣受难）或 passion de Jeanne（贞德受难），它非常复杂，发展到极致就会变成一种积极主动的情绪，例如 passion de connaître（对了解的渴望），passion du devoir（对义务的热情），于是一个令人痛苦的事物也就变成了一个让意志与理性都屈从于它的决定性事物。这就是高乃依笔下人物对义务的热情。妮科尔·马尔在卡特琳·勒格朗旁边大声咳嗽。咳着咳着，妮科尔·马尔情不自禁地模仿起喇叭的声音，她很擅长模仿喇叭，你听到三四声清晰的喇叭声以及某个人的笑声，接着你看到妮科尔·马尔躲在课桌后面噗噗地笑，杜耶老师站起来，你听见高跟鞋踩在讲台上的咔嗒声，她来到妮科尔·马尔身边，狠狠骂她，罚她离开教室，当她回到讲台上坐下时，她的脸还是红的。杜耶老师继续讲奥古斯都，说，如果他说，交个朋友吧，西拿，是我邀请你来的，这并不意味着他是出于政治目的，比如为了防止未来的谋反，奥古斯都原谅西拿也不是一种权宜之计，杜耶老师说奥古斯都之所以原谅西拿，是因为他把宽恕视为一种义务，他甚至赦免了马克西姆等人。永留我最后一次胜利吧。教室的长椅上没有人，除了妮科尔·马尔和杜耶老师坐着的那条外。杜耶老师的一只手臂放在妮科尔·马尔身后的椅背上。这是在补法语课。因为刚吃完饭，杜耶老师在努力阻止胃里的气体跑到嘴里，所以她把手放在胃上，揉搓它，在胃和喉咙间上下来回抚摸。但还是会有气体跑出来，在她的嘴唇上爆裂开，这样持续了一段时间，你发现杜耶老师的消化不好。忽然妮科尔·马尔问她，为什么您老是打嗝。于是你听见教室里杜耶老师的叫喊声，她把妮科尔·马尔从长椅上拽下来，把她扔到地上，用高跟鞋踢她的肚子。你从小山上下来，沿着道路朝桥的方向走去。蛇从田边扁石头间的荆棘丛里蹿出来。石头发烫。现在是中午。罗马式拱桥的倒影在水面上纹丝不动。过桥的时候能看到它们。你看见水面在某种潜在力量的推动下前进着，表面看上去没有变化，你过桥时发现了这一点，因为当时被你扔进河里的树叶现在已经被带得很远，它们旋转着，直到到达一个断口，那是磨坊水轮吸水的地方。一条路在桥的延长线上，另一条路与它垂直，与河流平行。你离开桥，沿着河走。汽车、卡车或拖拉机扬起的尘土落在树篱上。耳边萦绕着杨树叶相互摩擦的声音。当你抬头看时，树上有个闪闪发光的东西，看起来就像你挂在四季豆和豌豆苗支架上用来吓鸟的金属箔。你看见蛇或蜥蜴溜走。桥后面有一个小河湾，河湾里有一片小沙滩。那就是你要去的地方。韦罗妮克·勒格朗和卡特琳·勒格朗带着自己做的筛子，筛子的边不是很高，筛网也只有两只巴掌大小，但用来做你想做的事足够了。你在淘金。你把筛子尽可能往河底探，如果它没有接触到底部，就只能拿上来一个空筛子，这就是为什么你要伸直手臂，把筛子尽可能往前推，推到筛子边能刮到沙子为止。你在沙子里发现了亮闪闪的东西。韦罗妮克·勒格朗把筛子从水里拿出来，淤泥盖住了里面的东西，于是她一边弯着腰走，一边把筛子放在水下淘洗。韦罗妮克·勒格朗蹲下来把亮闪闪的东西挑出来。河里的金子沉积在河底的沙层里，或者跟着瀑布涌进了堤坝前的水洼里。只需要把它从水里分离出来，然后把它裹在手帕里，用力把手帕抻开，把无数的褶子抹平。它跟云母片裹在一起，大多数云母片是透明的，带着一点赭色，在厚厚的沙子里闪闪发光。卡特琳·勒格朗说要在岸边造一个巨大的炼金炉。卡特琳·勒格朗用一根棍子标记出堆炼金炉的区域。韦罗妮克·勒格朗在摇她的筛子，筛出来的沙水顺着她的腿往下流,你看见她的两条大腿上还沾着一些干燥的沙子,因为刚才整个筛子都打翻在了韦罗妮克·勒格朗的身上。现在她把筛子拿远了一些继续摇晃。你看见她的小腿沾上了泥点子。不能只在河边淘金,于是你看见韦罗妮克·勒格朗脱掉袜子和鞋子,踩进河里,笔直地往前走,仿佛要过河似的。韦罗妮克·勒格朗用右手把筛子举在空中,准备把它浸入水中。你时不时会听见她的叫声,这是她一脚踩了空或脚趾撞上了石头。韦罗妮克·勒格朗在河和岸之间来回穿梭,她要在岸上分离沙子和亮片。韦罗妮克·勒格朗先用指甲挑出表面看得见的亮片,表面挑完后,她便摇晃筛子,让其他亮片浮到表面,手帕已经装不下亮片了,而且手帕会把亮片弄破,于是韦罗妮克·勒格朗找来了一些扁石头,把它们首尾相连,做成一张贴着地面的扁桌子,她把亮片倒在上面。当她在河里淘沙的时候,一阵风把桌子上的东西卷得一干二净。卡特琳·勒格朗增加了炼金炉的数量,在沙子上画出各种形状的炉底。它们的尖顶都会到达同一高度,形成一个圆锥形长筒,液态的金子会在里面流动。韦罗妮克·勒格朗回到扁石头边,赭色、黑色、乳白色亮片的消失让她很不开心。韦罗妮克·勒格朗弯着腰在石头周围找亮片,但亮片被风带去了很远的地方,消失得无影无踪。韦罗妮克·勒格朗发现了一片树木丛生的区域,树脚下形成了一个避风的平台。当她弯腰放亮片时,你看见她的衣服边缘都湿透了。事实证明,对最纯的金子,也就是河里的金子来说,炼金炉没什么必要。河里的金子不需要冶炼,如果要在这个地方造个建筑,不如造一个巨大的筛子,一种能让韦罗妮克·勒格朗和卡特琳·勒格朗把含有金子的沙子铲进料斗的风扇车。现在是四点半的课间休息时间。洛朗斯·布尼奥尔、朱利安娜·蓬、马里耶勒·巴兰、诺埃米·马扎、玛格丽特-玛丽·勒莫尼亚勒、妮科尔·马尔在带雨棚的院子里打球。德尼丝·科斯拿着她的一叠吐司走到卡特琳·勒格朗身边。你看到在有雕像的院子里,安娜-玛丽·布吕内、瓦莱丽·博尔热、索菲·里厄、玛丽·德莫纳、玛丽-若泽·布鲁正在吃点心。安娜-玛丽·布吕内坐在瓦莱丽·博尔热旁边。你看到安娜-玛丽·布吕内剥出一个橙子,摘掉粘在每瓣果肉上的白色橙络,你看到她把橙子一瓣一瓣地掰开,再一瓣一瓣地送进瓦莱丽·博尔热张开的嘴里。接着你看到瓦莱丽·博尔热抓起安娜-玛丽·布吕内的食指,吮吸它,舔掉上面残留的果肉或汁水。索菲·里厄用一根剥去树皮的崖柏枝刮擦她的苹果，她刚才一不小心把苹果掉在了地上，咬过的部分都变黑了。安娜-玛丽·布吕内、瓦莱丽·博尔热、索菲·里厄、玛丽·德莫纳、玛丽-若泽·布鲁已经吃完了点心。你听见索菲·里厄背上的玛丽·德莫纳发出了笑声，你看到她站在长凳上，索菲·里厄背了一会儿把她放在了那里。瓦莱丽·博尔热现在身边有索菲·里厄、玛丽-若泽·布鲁，离她最近的是安娜-玛丽·布吕内，而玛丽·德莫纳就站在她身后。瓦莱丽·博尔热正在说话。她的头发扎在脑后，但还是有头发跑出来。只有瓦莱丽·博尔热一个人在讲话。玛丽·德莫纳的半个身体已经下了长凳，她屈着右腿，身体重心落在长凳边缘的右脚跟上，玛丽·德莫纳雪白的脸颊上有两个紫色的斑点，它们是没长眼皮的眼睛。瓦莱丽·博尔热边说话边做手势。你听不见她说的话。德尼丝·科斯吃完了吐司。你停了下来，因为她在用脚踩碎坚果。瓦莱丽·博尔热正在解开裹在黑色罩衫领口外，紧紧缠绕在脖子上的红围巾。卡特琳·勒格朗在院子里走来走去，无论走到哪儿，无论是不是在走路，她的眼睛都盯着瓦莱丽·博尔热，一边点着头或摇着头回应德尼丝·科斯。瓦莱丽·博尔热说话时头向后仰，你看见她裸露的脖子向后弯曲，你看见喉咙上隆起的甲状腺。瓦莱丽·博尔热在说某些音节的时候嘴唇分开，露出牙齿和粉色的牙龈。现在你看到她的眼睑低垂在眼睛上，她闭上嘴巴。安娜-玛丽·布吕内笑了起来。卡特琳·勒格朗看到她牵起瓦莱丽·博尔热的手，用紧握的双手摇晃它。瓦莱丽·博尔热再次开口，她不是看着前方花园的地面就是在发呆。瓦莱丽·博尔热没有看卡特琳·勒格朗。于是卡特琳·勒格朗向瓦莱丽·博尔热那群人走去，德尼丝·科斯跟在后面。你听到瓦莱丽·博尔热正在说米桑和勒利于尔在离开前塞进壁炉的尸体落在了炉膛中央，扑散了火焰。尸体的脸颊黢黑，散发着臭味。奥菲尔和雷妮同时惊跳起来，脸色惨白，赶紧逃出房间。瓦莱丽·博尔热没发现周围的人群里多了德尼丝·科斯和卡特琳·勒格朗。卡特琳·勒格朗用鞋子在地上打洞，她把手插进罩衫口袋，其中一个口袋里有一块手帕，卡特琳·勒格朗揉搓它，把它拿出来，用力朝各个方向撕扯，直到撕破为止。瓦莱丽·博尔热继续讲故事，她说奥菲尔和雷妮回到房间后没有找到尸体，她们找来的人搜索了房间和炉膛的各个角落，什么也没找到。卡特琳·勒格朗对德尼丝·科斯说她要去找韦罗妮克·勒格朗,但她没有走。卡特琳·勒格朗看着瓦莱丽·博尔热,瓦莱丽·博尔热没有看她。课间休息就在安娜-玛丽·布吕内、索菲·里厄、玛丽·德莫纳、玛丽-若泽·布鲁围着瓦莱丽·博尔热听她讲故事,以及卡特琳·勒格朗不停地对德尼丝·科斯说她要去找韦罗妮克·勒格朗中过去了。最后卡特琳·勒格朗离开人群,穿过院子,跟雨棚附近的韦罗妮克·勒格朗会合,她边走边回头,看到安娜-玛丽·布吕内已经撒开了瓦莱丽·博尔热的手,穿过院子去打铃。我是奥波波纳克斯。你不该一直这样惹恼它。如果早晨你发现头发很难梳,不要惊讶。它无处不在。它就在你的头发里。睡觉时它就在你的枕头底下。今晚你会浑身瘙痒,睡不着觉。明天早晨从窗外照进来的阳光会让你看到窗台上的奥波波纳克斯。你要给它写信,把信放在自习室的钢琴后面。我是奥波波纳克斯。瓦莱丽·博尔热把她刚刚在书桌里找到的纸翻过来翻过去转过来转过去。字体很奇怪,由圆圈和尖角组成,很难看懂。你看到它是用朱红色写的。凯吕斯老师看向瓦莱丽·博尔热。卡特琳·勒格朗坐在瓦莱丽·博尔热同一排往左数两张课桌的位子上,她看着瓦莱丽·博尔热。卡特琳·勒格朗看着瓦莱丽·博尔热手里那张写满红字的纸,从自习室的任何地方都可以看到它。也许瓦莱丽·博尔热会站起来,也许瓦莱丽·博尔热会拿着她在书桌里发现的这张纸去找凯吕斯老师。凯吕斯老师扎着一个麻花辫,头发梳在脑后。凯吕斯老师戴着金属框眼镜。只要是凯吕斯老师看自习,教室里便鸦雀无声。不知道为什么,大家都怕她,即使她从没抬高过嗓门,索菲·里厄、安娜·热利耶、玛丽·德莫纳和其他人都说凯吕斯老师是坏人。卡特琳·勒格朗看着手里拿着红字纸的瓦莱丽·博尔热。她得把它扔掉,或者拿它做点什么,做什么都好,因为你看到凯吕斯老师在椅子上不安起来,眼睛一直盯着瓦莱丽·博尔热。卡特琳·勒格朗看见凯吕斯老师在看瓦莱丽·博尔热,尽管她反光的眼镜让你没办法看清她的眼睛。也许瓦莱丽·博尔热会拿着她在书桌里发现的纸去找凯吕斯老师。瓦莱丽·博尔热抬起头。瓦莱丽·博尔热匆忙拿起一本课本,把纸塞进去,然后把课本放回身后挂在椅背上的打开的书包里。瓦莱丽·博尔热收下了别人给她的字条,尽管修院长上礼拜天说私通信件会被开除。凯吕斯老师把头转向另外一边。卡特琳·勒格朗看着同一排右手边的多米尼克·维尔斯,她比瓦莱丽·博尔热还要远两张课桌。多米尼克·维尔斯的左手臂压在摊开的加菲奥拉丁语词典上。多米尼克·维尔斯正在草稿本上写字。她停笔的时候头发会晃动一下。她的卷发很短，所以后颈露在外面，从前面看，她就像观景楼的安提诺乌斯，于是你盯着她看，她满脸都带着蜜一般的光芒。你看到瓦莱丽·博尔热正在她身后的书包里找什么东西。是奥波波纳克斯的信，她翻了又翻，然后读了起来。凯吕斯老师看着瓦莱丽·博尔热。即便她坐得比大家高，也不可能看见瓦莱丽·博尔热正在看的那张纸。纸的边缘卡在一本书的切口上，书的上面压着法语词典和加菲奥拉丁语词典。凯吕斯老师在椅子上动了动。你看到她准备站起来，她需要花些时间，因为她的一条腿是僵的，你看到她站了起来，正在走下讲台台阶。瓦莱丽·博尔热抬起头。瓦莱丽·博尔热看到凯吕斯老师正在用她最快的速度穿过教室中央的过道。瓦莱丽·博尔热赶紧把纸放进背后的书包里，又赶紧把草稿本放在课桌上。凯吕斯老师朝瓦莱丽·博尔热的方向走去。凯吕斯老师会让瓦莱丽·博尔热把她刚刚在看的纸交给她。凯吕斯老师在瓦莱丽·博尔热旁边停下来，开始看她，看课桌，看书，看瓦莱丽·博尔热。瓦莱丽·博尔热手里拿着一支没盖笔帽的笔等待着。凯吕斯老师盯着瓦莱丽·博尔热看了一会儿。凯吕斯老师走回讲台,你看到她步履艰难地穿过过道。卡特琳·勒格朗突然肚子疼,于是她站起来请求离开教室。你走在高高的草丛中,反复念着课本上的诗句,自然在肃寂中等待着你/草在你的脚下升起晚云。太阳斜射在草的顶端,你看到光线从草丛间穿过,从下面将草照亮,你看到赭色的阴影,看到草茎之间、草尖之间,甚至是草鞘之间的空隙。地面上有光晕。草和花都湿漉漉的,像被水漫过似的。能闻到一种气味。卡特琳·勒格朗不认识这些沐浴在最后一抹阳光中的草。它们的品种大多无法确定。你看到有些草长得细细长长,草尖看起来像某种编织物,咬起来硬硬的。有些草像燕麦一样稀疏,只是包裹种子的草鞘个头更小、间隔更大、数量更多。你看到有的顶部毛茸茸的。还有的是粉红色的。有普通的草。有扁平的草,还有复合伞形花序。你在草丛里跑,草打在你光溜溜的小腿上。卡特琳·勒格朗的嘴唇在流血,因为她跑着跑着没留神扯下了一根草,它的边缘很锋利,两面长着一些比其他地方颜色更浅的绿毛,毛很细小,要把草举到眼前才能看见。卡特琳·勒格朗用力大喊自己的名字。你听到卡特琳·勒格朗，它扩散开来，你能从四面八方的山岭上听到它，人们会站起来，每个人都站着，向前走，山上的军队会开始行军，朝到处都能听见的叫喊声走去。卡特琳·勒格朗开始喊其他名字，玛格丽特-玛丽·勒莫尼亚勒、安娜-玛丽·布吕内、索菲·里厄，她拖长音节，抑扬顿挫，重复每个名字。卡特琳·勒格朗开始喊班上同学的名字。卡特琳·勒格朗喊了好几遍班上同学的名字，但没有喊瓦莱丽·博尔热的名字。山上的人又躺下了。卡特琳·勒格朗开始奔跑，跳过草丛，以免被它们打到小腿。有人告诉卡特琳·勒格朗，如果她从地上跃起，在空中停留一段时间，而地球在下面转动，她便不会落回原处。这是一个旅行诀窍。卡特琳·勒格朗攥着拳头用力向上跃起，希望在空中尽可能长时间地停留。跳起来的时候你是格列佛或哥肋雅，但你总是落回原处，也许是因为地球转得不够快。卡特琳·勒格朗不再奔跑，而是以正常速度走着。罂粟花不成形，有的还沐浴在阳光下，在四周洒下红色，雏菊的花朵朝向四面八方，有的花朵排列在不同的斜线上，有的花朵相互垂直，整片田野都是雏菊的白色。卡特琳·勒格朗到达田野尽头,这里的草被割过了。今天割下来的草形成一个个绿色的草堆,里面夹杂着还没凋谢的花朵。远处还有一些干草堆。你躺在地上,头枕在干草堆上。脸颊被草的边缘割破,被茎的切口刺痛。头依然保持干燥,但身体和四肢贴着潮湿的地面。你听见狗叫。你听不到任何声音。植物纹丝不动。空气依然温热。你看见天空中没有云彩,除了在太阳正在消失的地平线附近。卡特琳·勒格朗陶醉在干草的气味中,她从一个干草堆滚到另一个干草堆上,她把头埋进去猛吸。一座房子也看不见。母牛、牛犊和公牛没在田里,它们在牛圈里。你听不见哞叫。万籁俱寂。阳光从草上退去,只打在一些三角形的区域上,这让周围其他部分看起来漆黑一片。于是卡特琳·勒格朗站起来,朝看起来很大、离你很近的太阳跑去。卡特琳·勒格朗在田野里跑,一边跑一边感受心脏的跳动,心脏在胸腔里跳动得如此剧烈,以至于你能听见它,能感受到它在击打肋骨,卡特琳·勒格朗跑向太阳,心脏在身体各处朝各个方向跃动,血液在太阳穴涌动,在眼前跳动,就像一团雾,太阳晃动起来,你看到被抑制、被抽吸的血液收缩,从太阳前穿过,你听见太阳的跳动比心脏的跳动更猛烈,在地平线上,朝各个方向，在卡特琳·勒格朗的身体里，你听到脑袋里的爆裂声，听到心脏、太阳爆裂，卡特琳·勒格朗倒在地上，脸埋在草里。当卡特琳·勒格朗转过身，天空中已经不见了太阳，衣服被草或汗水浸湿，一阵风吹来，你看到树影婆娑，你在矮草丛中感受到它，你听见了它。宿舍的大走道里没人，每张床上都放着相同的圆形鸭绒压脚被，床和压脚被都是白色的。你还以为这是一座阿拉伯墓地。走道中央木地板的板条又宽又弯，你看见平行的板条、平行的床，你看见墙上窗户的一处处凹槽。木地板在你的鞋子下面吱嘎作响。亮着的吊灯挂在天花板上。你看到在宿舍尽头，负责看宿舍的修女在遮挡宿管房间的白布后面若隐若现。你走进更衣室。多米尼克·维尔斯坐在窗台上。多米尼克·维尔斯一边抽着蓝高卢一边看书。卡特琳·勒格朗站在更衣室中央。衣橱都锁着，你看见一个个没插钥匙的锁孔。卡特琳·勒格朗不知道这些衣橱分别是谁的。有一排空荡荡的衣帽架，只有两个上面挂着东西，一个挂着一件黑色罩衫，另一个挂着一件看起来脏兮兮的白色浴袍。你看见窗外有一棵栗树，它纹丝不动。你得穿过更衣室才能进入浴室，水槽贴着浴室的墙。从天花板射下的光线把瓷砖照得锃亮。天很冷。时间也不早了。平时这个时候灯已经熄了，衣帽架上已经挂满了衣服。今晚会是圣亚历山大修女负责看宿舍。十一点前可以做任何想做的事。多米尼克·维尔斯递给卡特琳·勒格朗一支烟。卡特琳·勒格朗坐在她旁边，卡特琳·勒格朗看着多米尼克·维尔斯正在看的那本书的书名，是一本卡特琳·勒格朗没听说过的书。韦罗妮克·勒格朗和卡特琳·勒格朗会睡在平行的床上。等你躺下后，你可以伸手去牵另一张床上的人的手。韦罗妮克·勒格朗不在宿舍里。你留她在自习室里画画，圣若翰洗者修女在她旁边。你离开更衣室去浴室里刷牙。卡特琳·勒格朗站在寄宿生早上洗漱的那排水槽前。墙朝北，照不到太阳。透过敞开的门能看见一间很大的宿舍，在另一头走路的那个人看起来很小。苏珊·普拉从楼梯进了宿舍，你远远地听见她在喊多米尼克·维尔斯，你听见木地板在她镶着钉子的鞋底下面咔咔地响。苏珊·普拉和卡特琳·勒格朗都在浴室里，苏珊·普拉开始洗头，你看见她拧着头发，湿漉漉的黑发粘在她的脖子上和脸颊上。她把水溅在地上，溅在旁边的水槽上。从她身后走过的卡特琳·勒格朗也被溅到了水。你离开浴室，走去坐在多米尼克·维尔斯旁边，独自留在浴室的苏珊·普拉喊人给她送毛巾，她忘了拿毛巾。更衣室的墙和宿舍的墙很高，光秃秃的，上了一层搪瓷漆。多米尼克·维尔斯准备把新爱洛伊丝借给卡特琳·勒格朗，她去柜子里找书，你看到她踮起脚尖，搅乱衣服堆，扯开毛衣，这才找到她要找的那本书。苏珊·普拉还在喊人给她拿毛巾，多米尼克·维尔斯走过去。卡特琳·勒格朗腋下夹着新爱洛伊丝在宿舍里走来走去。瓦莱丽·博尔热的床挨着安娜-玛丽·布吕内的床，卡特琳·勒格朗看着瓦莱丽·博尔热的床和墙壁间的缝隙，这一头没有人。床头矮桌抽屉里的一块手帕上沾满了瓦莱丽·博尔热用的香水的味道。卡特琳·勒格朗拿起瓦莱丽·博尔热叠好的手帕，把它放进自己的上衣口袋。气味很香但滋味太苦。卡特琳·勒格朗在宿舍里走来走去，心情在开心和不开心之间摇摆。每次经过那个墙角都会碰到瓦莱丽·博尔热和安娜-玛丽·布吕内挨在一起的两张床。韦罗妮克·勒格朗从通向楼梯的门走进宿舍，圣若翰洗者修女在她后面，推着她的背，等她走进宿舍后关上门。卡特琳·勒格朗带韦罗妮克·勒格朗去浴室，和她一起走过去，在她刷牙的时候坐在水槽上。再过一会儿宿舍就会熄灯。在接下来的一段时间里你还是能看见宿管室里的灯光透着白布照射出来,圣亚历山大修女今晚会睡在那里。你也许会在多米尼克·维尔斯的被单下或苏珊·普拉的被单下看到手电筒的光线顺着书上的文字来来往往,而多米尼克·维尔斯或苏珊·普拉会非常小心,不让天花板上出现光圈。你会什么也看不见,因为大家都会在宿舍里睡觉,因为花园里不会再有任何光线照射进来。眼前会漆黑一片。等到黎明时分,你就会在窗台上看到奥波波纳克斯的形状。我是奥波波纳克斯。瓦莱丽·博尔热,你没把它放在眼里。也许是因为害怕,你才没有回信。今天你就会见识到它的力量,见识到惹怒它的下场。我是奥波波纳克斯。瓦莱丽·博尔热在课桌后头读奥波波纳克斯的信,现在她已经知道这是谁的字迹了。卡特琳·勒格朗远远地看着瓦莱丽·博尔热正在看的那张纸,发现安娜-玛丽·布吕内正忙着在本子上写字,没有注意到瓦莱丽·博尔热的纸。听见班上躁动的声音,瓦莱丽·博尔热从课桌后面探出头来。学生们纷纷站起来。瓦莱丽·博尔热问马里耶勒·巴兰发生了什么,马里耶勒·巴兰指指窗外。瓦莱丽·博尔热看见第一道火焰,接着第二道火焰从隔墙的右侧蹿出来,把窗户拦腰挡住，瓦莱丽·博尔热撒开抵着桌面的手。靠窗的学生们站着，一会儿探出头去看看情况，一会儿被再次出现的火焰吓得后退。杜耶老师维持住了纪律，让每个学生都安静地坐在位子上。杜耶老师说，没必要惊慌，因为火焰是附近铁匠铺的，一会儿就灭了，这是金属熔炼时的正常现象。瓦莱丽·博尔热和卡特琳·勒格朗看着窗外。你看见火焰时不时地冒出来，它们越来越长，几乎覆盖了整个窗户。现在没办法确认火的源头到底是铁匠铺还是这座房子。杜耶老师没办法继续维持班级的纪律。课桌敲着桌肚。有的学生站在凳子上，有的站在门边。你听到火焰从窗前经过的轰轰声。杜耶老师让班上的学生离开教室去院子里。你穿过走廊，走下楼梯。圣若望由天主者修女告诉学生们火已经停了，可以开始上拉丁语课了。圣若望由天主者修女说，学生们的恐慌打断了拉丁语课，耽误了十分钟，圣若望由天主者修女说，没什么好大惊小怪的，不过是高炉或者熔炉温度过高罢了。我是奥波波纳克斯。这个警告也许对阁下来说已经足够了。阁下和整个班级的性命都在它手上。回信吧。我是奥波波纳克斯。瓦莱丽·博尔热看着新的奥波波纳克斯的信。卡特琳·勒格朗可以从她的位子上看到红色的字迹。坐在瓦莱丽·博尔热旁边的安娜-玛丽·布吕内斜过身子想看看是什么,但瓦莱丽·博尔热把那张纸和之前的纸收在了一起。瓦莱丽·博尔热在她的凳子上坐立不安,时不时地转身看看背后。卡特琳·勒格朗正看着圣若望由天主者修女。现在在讲由 quod 引导的补语从句。圣若望由天主者修女说,连词 quod 的意思是这件事。它引导的从句表达的是一个存在的事实,因此从句动词用直陈式。你在本子上记下圣若望由天主者修女正在黑板上写的例子,praetereo quod se pulchrum cogitat(我不提他自认为漂亮这件事)。瓦莱丽·博尔热靠在安娜-玛丽·布吕内的右臂上,为了看她在拉丁语句子前面写的东西。安娜-玛丽·布吕内在她耳边低声说了些什么。瓦莱丽·博尔热摇摇头。于是安娜-玛丽·布吕内背过身去,不给她看本子上的东西,瓦莱丽·博尔热想从安娜-玛丽·布吕内的胳膊下面把本子拉过来。安娜-玛丽·布吕内下意识地大声反抗。圣若望由天主者修女看向她们。圣若望由天主者修女叫瓦莱丽·博尔热出去,安娜-玛丽·布吕内立马红了脸。安娜-玛丽·布吕内站起来说,修女母亲,是我的错。修院长走进教室。圣儒略修女站起来。修院长走过教室中央的过道,每个人都站在凳子旁。你听到课桌砰地关上的声响。妮科尔·马尔掉了一本书,你看到她的脚被地上凳子旁的书包卡住了。修院长对圣儒略修女说了些什么,圣儒略修女点点头,接着修院长面向学生说,请安娜·热利耶、玛丽·德莫纳、安娜-玛丽·布吕内去会客室。修院长说,坐下吧。安娜·热利耶、玛丽·德莫纳、安娜-玛丽·布吕内开始收拾东西。修院长和圣儒略修女正在说话,你听不见她们说话的内容。当修院长准备离开时,大家纷纷站起来,修院长说,不用起来,大家又坐下去。玛丽-若泽·布鲁比大家的动作慢一拍,当所有人已经坐下时,她才站起来,圣儒略修女让她坐下去。马里耶勒·巴兰为修院长打开门,等她出门后又关上门。院子里人来人往,有不认识的学生家长,有穿黑衣服的女人,有戴帽子的男人。安娜·热利耶、玛丽·德莫纳、安娜-玛丽·布吕内离开教室。圣儒略修女让玛丽-若泽·布鲁去替安娜-玛丽·布吕内打铃。她不会打铃,你听见锤跟铃摩擦了好几次才发出了清脆的声音。你看见学生们离开院子,你看见她们边走边脱掉罩衫。一股烤饼的香味从敞开的大门外钻了进来,今天是镇上赶集的日子,街上挤满了来来往往的人。你看见成群的奶牛和成群的红色公牛从门前经过,你看见套着挽具的板车,你听见男人赶牲口的叫喊声,你看见他们头上戴着草帽,你看见他们提着长方形柳条篮,你看见他们穿着带褶皱的罩衫,他们是马贩子、赶着牛羊群的牲口贩子,你认得他们发紫的脸颊、疙疙瘩瘩的棍子。烤饼的香味夹杂着橙花的香味,弥漫在整个城里。面包店在夜里烤了这些饼,现在牲口的气味也掺杂了进来。熙熙攘攘的声音传到院子里,有羊叫,有牛叫,有鸡叫,鸡被绑住了脚,侧躺着。学生们在院子里走来走去,你看到一些学生聚集在大门口,你看到会客室和院子之间人来人往,瓦莱丽·博尔热、索菲·里厄、苏珊·普拉、玛丽-若泽·布鲁大声说,今天是赶集的日子,学校应该放假。德尼丝·科斯说,不公平,凭什么有家长来接的学生就能放假。于是你看到小团体越来越壮大,先是寄宿生聚在一起,过了一会儿走读生也加入进来。你听见高亢的抗议声,你看见每个人都激动起来,你看见有的学生从一个小队跑到另一个小队里,最后变成了一列纵队,你听见歌声,啊这儿真无聊,啊这儿真无聊,啊这儿真无聊,无聊,无聊,无聊,算了算了。学生们搂着肩膀唱着歌。你停下来,确认是不是所有人都赞成罢课,接下来可就回不了头了。你在院子里前进,像暴民一样大喊大叫，高喊我们——要放假——我们——要罢课。你来到台阶前。大家挤在一起，嚷嚷着叫修院长出来，过了一会儿，修院长出来了，双手扶着栏杆。气氛突然安静下来。你们面面相觑，等有人开口。修院长要求你们向她解释为什么在屋子里都能听到你们的吵闹声。没有人说话，之后传来一阵窃窃私语，你听出了那些你刚刚喊过的词，罢课、放假、赶集，所有人不约而同地提高了嗓门。修院长纹丝不动，等待声音平息下来。等到她能说话的时候，你听见她说，姑娘们，你们的行为非常荒谬，你听见她说，她本来想给每个人放半天假，但照这样看来，这是不可能的了，你听见她说你们要在自习室待一下午，你听见她说所有人都要被罚留校，你听见她说如果带头造反的人不站出来，所有寄宿生都要留校四周。你看到修院长松开栏杆，进了屋子。圣婴修女跑出来让玛丽-若泽·布鲁去打铃。你们在台阶前排好队。你看见一些寄宿生低下了头。你看见弗雷德里克·达尔斯走去和站在台阶上的圣婴修女说话，圣婴修女点点头。弗雷德里克·达尔斯穿过队伍，和不同班级的走读生小声说话。你看到几个走读生走出队伍，来到她身边，你看到她们走上台阶，你看到她们从圣婴修女身后经过，走向修院长的办公室。你在四点半的课间谈论奥波波纳克斯，每个人都围在瓦莱丽·博尔热周围。瓦莱丽·博尔热说她现在有点害怕了。卡特琳·勒格朗笑话她。你在猜班上谁会是奥波波纳克斯。妮科尔·马尔说，奥波波纳克斯是我，每个人都看向她，但没有人相信她，因为她大笑起来，因为她奔跑起来，她举着双臂，大喊奥——波——波——纳克斯。圣婴修女站在分隔两个院子的隔墙边朝她挥手。诺埃米·马扎看见马里耶勒·巴兰、索菲·里厄、洛朗斯·布尼奥尔、朱利安娜·蓬、玛丽·德莫纳、安娜·热利耶、德尼丝·科斯、安娜-玛丽·布吕内、玛格丽特-玛丽·勒莫尼亚勒、玛丽-若泽·布鲁、卡特琳·勒格朗围着瓦莱丽·博尔热。诺埃米·马扎走过来看发生了什么。开衩的罩衫下摆在她的背后飞扬。等她走过来，你问她觉得谁是奥波波纳克斯。瓦莱丽·博尔热给她看收到的信。诺埃米·马扎读起信来。当她抬起头时，她在读第三封信，院子尽头传来用手击球的声音。苏珊·普拉、加布丽埃勒·米尔托、纳塔莉·德勒在打排球。于是诺埃米·马扎把奥波波纳克斯的信扔给瓦莱丽·博尔热，瓦莱丽·博尔热接住了半空中的一张，你看到诺埃米·马扎朝排球网的方向跑去。你听见德尼丝·科斯说，奥波波纳克斯是卡特琳·勒格朗。安娜-玛丽·布吕内、瓦莱丽·博尔热、马里耶勒·巴兰、索菲·里厄、朱利安娜·蓬、玛丽·德莫纳、安娜·热利耶、洛朗斯·布尼奥尔、玛格丽特-玛丽·勒莫尼亚勒、玛丽-若泽·布鲁看向卡特琳·勒格朗。卡特琳·勒格朗脸涨得通红，摆了摆手说不是，然后大笑起来，瓦莱丽·博尔热看着她说，不，不是卡特琳·勒格朗。玛格丽特-玛丽·勒莫尼亚勒说，要不把每个人都拷问一遍，直到有人承认自己是奥波波纳克斯为止。马里耶勒·巴兰、妮科尔·马尔和另一个人，可能是德尼丝·科斯，说这是个好主意。瓦莱丽·博尔热说，既然是玛格丽特-玛丽·勒莫尼亚勒提出的，就应该从她开始，但这也算不上什么聪明的点子，因为每个人都会说自己是奥波波纳克斯。圣婴修女靠近你所在的小团体，想听你们在说什么。躲在马里耶勒·巴兰、德尼丝·科斯、安娜·热利耶背后的瓦莱丽·博尔热赶紧把奥波波纳克斯的信放在手帕下面塞进口袋。等圣婴修女离你们足够近能够听到你们在说什么时，你们假装在讨论瓦莱丽·博尔热讲的故事。玛丽-若泽·布鲁说，如果她是奥菲尔或雷妮，她不会像她们那么害怕，尸体又不能伤人，玛丽-若泽·布鲁开始讲她的故事，一个全副武装的男人从壁炉里走出来,用手枪朝屋子里的人扫射,于是大家七嘴八舌地讨论起来,圣婴修女交叉着双臂,笑着摇摇头。你听到有人说男人又不吓人,又不是鬼,你听到有人说,不像奥波波纳克斯,十有八九是德尼丝·科斯说的,因为其他人都闭着嘴斜眼瞟她,但圣婴修女什么也没听见。卡特琳·勒格朗坐在树上,一遍又一遍地读着瓦莱丽·博尔热放在自习室钢琴后面的字条。瓦莱丽·博尔热为公开了奥波波纳克斯的事向它道歉,说她再也不会这么做了,说她会告诉大家奥波波纳克斯就是她,是瓦莱丽·博尔热,大家就会忘了这件事,她希望继续和奥波波纳克斯保持通信,尽管她犯了错。卡特琳·勒格朗把屁股搁在一个树杈上,把身体靠在一根粗枝上。你透过橡树叶看着天空,天蓝色背景映衬着树叶的轮廓,你看见树叶边缘的锯齿。从她所在的位置,卡特琳·勒格朗转过头就可以看到树下的河流。一块块大岩石挤在河边,岩石中间夹杂着树木,有小榆树、白杨树。河流因为水的流动和水在岩石周围形成的漩涡发出连续的声响。卡特琳·勒格朗闭上眼睛。在自习室里,瓦莱丽·博尔热转过身,看见卡特琳·勒格朗趴在桌上,头埋在手臂里,像在哭又像在睡觉。卡特琳·勒格朗透过头和左手臂之间的缝隙偷看试图跟她说话的瓦莱丽·博尔热。卡特琳·勒格朗装作看不见她的样子。于是瓦莱丽·博尔热在字条上写了些东西。忽然卡特琳·勒格朗的背被橡皮砸了一下,她站起来的时候看见瓦莱丽·博尔热示意她捡起过道上的字条。等卡特琳·勒格朗睁开眼,她感觉自己睡了一觉,因为光线变了。之前透明的河水现在变成了天蓝色,树木变成了橙赭色和淡粉色。卡特琳·勒格朗从树上下来,从草地上的书包里取出一本书。要预习一下明天的拉丁语课。卡特琳·勒格朗从头到尾慢慢地阅读农事诗中的这段文字。你读不明白,有的单词或词组让你觉得很熟悉,因为它的词根与一个或几个法语单词的词根很类似,但你看了脚注却发现其实你什么也没看懂,除非脚注在混淆视听,迷惑作为敌人的学生,提供错误线索。显然你没办法预习课文,你没有字典,没有语法书,你借口东西太多而没有把它们放进书包。卡特琳·勒格朗又读了一遍圣若望由天主者修女让大家预习的段落,挑出能看懂的两句诗文,他停下来,他忘了,唉!情感征服了他,他回头看了一眼他的欧律狄刻,如今已站在微光里。要预习的是第四百九十首和第四百九十一首的一大部分。你在笔记本上写下第四卷第四百九十首、第四百九十一首。上一页印着一个浅浮雕像，你看到俄耳甫斯面向欧律狄刻，向她伸出手，两人长着相似的圆头和圆脸，脖子向对方弯曲成相同的程度，俄耳甫斯的手臂挡在欧律狄刻的手前面，在她其中一个乳房前向内弯折。你看到欧律狄刻穿着一件佩普洛斯长裙，你看到俄耳甫斯穿着一件短披风。你必须时刻注意拉丁语课的进度，并在第四百八十五首的时候举手。圣若望由天主者修女会先装作没看见你举手，在继续讲了几首诗文后说，卡特琳·勒格朗你来读，时机刚刚好，你说，他停下来，等等。今天你不做作业。你合上书包。卡特琳·勒格朗爬上一棵白杨树，因为它的树枝斜跨在河流之上。它的主枝几乎要碰到水流，与水面平行，而且全部伸向河流的方向，因为树木在这一侧发育得更好。当你脸朝下趴在其中一根主枝上，你看着水流，过了一会儿你觉得自己要被水流带走了，于是你抱紧树枝，或者让身体顺着树枝倒挂下来，好像要掉进水里一般。你垂下头看见水和自己之间没有任何东西，你把腿挂在树枝上，调整好腿的位置，然后奋力一甩，抬起身体，你头朝下躺在树枝上，看着流淌的河水。白杨树的叶子挂在长而柔软的茎上，也许这就是为什么它们会动。你看见花朵从树枝上垂悬下来，像棕色的毛绒玩具。你看见韦罗妮克·勒格朗从河里的一块岩石跳到另一块岩石上。她突然停了下来，你看见她弯下腰，在岩石的平面上迈着小步子，你看不见她了，因为她被一块岩石挡住了。你赶紧从树上下来，去找韦罗妮克·勒格朗，你的膝盖、大腿、小腿蹭着树皮。你边跑边盯着韦罗妮克·勒格朗消失的地方，下雨时，在光线的照射下，灰色的石头早晨是蓝色的，下午是粉色的，晚上是蓝色的。你靠近韦罗妮克·勒格朗，看见她正在观察一条在水下岩洞中蜷曲或伸展身体的蛇。你看见蛇的颜色。韦罗妮克·勒格朗的前进和后退取决于她觉得蛇是要从水里出来还是要钻得更深。于是你捡起一段枯木，在岩洞里搅动，把树枝插到一个环的下方，让蛇伸展开，这样就可以看到它完整的身体，但蛇没有从洞里出来，而是继续蜷曲或伸展。

你说，我的孩子／我的姐妹／想想多甜美／去那儿一起生活／悠然相爱／相爱至死／在像你一样的国度里。你说，当栗子树散发悲伤的气息，只能看见椴树的绿，那时候没有开学。你说，当你在你的队伍里看着其他队伍里的人，那时候没有开学。如果小路被扫净，如果手推车、干草叉、扫帚都收了起来，如果地上没有落叶，如果没有鲜花，如果雨棚下的地上没有灰尘，你说你看不见它。你说，那些因为当头的烈日、靛蓝的天空、群青的天空、白色的天空、午后树林的风而不能出门的时光。图景。山丘或浓云或雨。朝河流前进。在森林散步，游戏。你说瓦莱丽·博尔热的手、腿和脸都是古铜色的，你说瓦莱丽·博尔热在罩衫下面穿了一件白色衬衫，你说瓦莱丽·博尔热还没脱掉过冬的毛衣。你说,四月的时候树上开出了娇嫩的花儿,花儿遮蔽了树。你说,十月的时候你用脚踢开地上散落的花儿。你说你走路时牵着韦罗妮克·勒格朗的手。你说你是奥波波纳克斯。你说你跑下山丘。你说你给记在心里的诗找调子。你说你在等瓦莱丽·博尔热的信。你说你准备了旅行计划。去墨西哥看阶梯形的金字塔。去科罗拉多看橙色的大峡谷。去中国看金色的沙漠。去希腊看穿白色短裙或芭蕾舞裙的男人。去波斯看穿束脚裤跳舞的女孩。去南北极看极昼和极夜。卡特琳·勒格朗和韦罗妮克·勒格朗走进敞开的大门。你听到院子里学生的喧闹声。你往前走。寄宿生已经来了。韦罗妮克·勒格朗、卡特琳·勒格朗肩并肩站着看了一会儿。玛丽·德莫纳、安娜·热利耶出现在有雕像的院子中。她俩在一群人中,但你只看到了她俩,因为离你更近的另一群人遮住了其他人。韦罗妮克·勒格朗、卡特琳·勒格朗一起走了一会儿,韦罗妮克·勒格朗离开卡特琳·勒格朗,朝右边雨棚下同班的女生们走去。卡特琳·勒格朗走向一群寄宿生,朱利安娜·蓬、洛朗斯·布尼奥尔也加入了她们。卡特琳·勒格朗没有跑。不,瓦莱丽·博尔热不在那儿。是,她应该就快来了,除非她还要再度几天假。你不知道瓦莱丽·博尔热会不会来,你在想瓦莱丽·博尔热会不会来,她来了,你看到她进了大门,有个人在她旁边提着行李箱,有个人在她旁边上了台阶,有个人亲了一下她后离开了。你跑去找瓦莱丽·博尔热。瓦莱丽·博尔热和卡特琳·勒格朗在靠近台阶的第一个院子里相遇了,你们推推搡搡,打对方的手臂,相互较劲。瓦莱丽·博尔热和卡特琳·勒格朗打了起来。你看到她们在尘土里打滚、拉扯,推搡厮打,都想挣脱对方,瓦莱丽·博尔热和卡特琳·勒格朗身体贴着身体,瓦莱丽·博尔热捏住卡特琳·勒格朗的一只手腕,而卡特琳·勒格朗拧着瓦莱丽·博尔热的手臂,想让她松手。忽然瓦莱丽·博尔热把卡特琳·勒格朗掀翻,抓住她的手臂,把她按在地上。圣若望由天主者修女走下台阶,圣若望由天主者修女朝瓦莱丽·博尔热和卡特琳·勒格朗正在地上扭打的院子走去。圣若望由天主者修女看着她们,你看到她在靠近她们之前等了一会儿,然后对她们说,瓦莱丽·博尔热、卡特琳·勒格朗,请你们站起来。你们摇晃对方,摩擦对方。你的眼睛里进了头发。卡特琳·勒格朗、瓦莱丽·博尔热一起走到一张长凳前,瓦莱丽·博尔热把脚翘在长凳上系鞋带,然后拉好袜子,你看见她的膝盖骨,你看见她又在另一只脚上重复了一遍刚才的动作,系好松开的鞋带,拉好袜子。瓦莱丽·博尔热脱下外套,让卡特琳·勒格朗在她整理衣服的时候帮她拿着外套,卡特琳·勒格朗看着瓦莱丽·博尔热把毛衣往下拉,透过毛衣可以看到她的乳房,瓦莱丽·博尔热让你把外套还给她,把外套递给她的时候,卡特琳·勒格朗看到她通红的脸颊。你坐在礼堂的长凳上。讲台上拉着一块幕布,圣儒略修女、圣亚历山大修女、圣依纳爵修女正在放一部无声的电影。长凳上坐着妮科尔·马尔、洛朗斯·布尼奥尔、玛丽·德莫纳、德尼丝·科斯、朱利安娜·蓬、瓦莱丽·博尔热、卡特琳·勒格朗、安娜·热利耶。画面中有两个小男孩。你看见他们在告诉对方自己想做什么。画面切换得很快。你看见两个小男孩在露营。忽然瓦莱丽·博尔热靠向卡特琳·勒格朗,在她耳边低声说了些什么。画面的一部分被剪切掉了。你只能看到上半身。经过调整后完整的人又出现在画面中,但字幕被切掉了,你看不懂两个小男孩的手势。卡特琳·勒格朗告诉瓦莱丽·博尔热她更喜欢旅行电影。瓦莱丽·博尔热说她也是,她想去落基山脉,想去秘鲁。胶卷断了。有人开了灯,为了让圣依纳爵修女把胶卷接好。当灯再次熄灭时，你看到之前放过的画面又放了起来，接着一片漆黑，接着你看到两个小男孩并肩躺在睡袋里。百叶窗关着。左边墙上第一扇窗上的百叶窗没有关紧，你能看见外面有阳光，有风，你隐约看见一棵小栗树在晃动。瓦莱丽·博尔热开始在笔记本上画画，一只狗、一匹马、一个女人。卡特琳·勒格朗看着瓦莱丽·博尔热的笔记本，这是她用来写诗的笔记本。卡特琳·勒格朗看着瓦莱丽·博尔热嘴唇上方的棕色斑点。瓦莱丽·博尔热靠向卡特琳·勒格朗，说她很无聊，她厌倦了寄宿生活。于是卡特琳·勒格朗也觉得无聊起来。两个小男孩躺在睡袋里。大概又过了一夜。你看到他们剃着平头。胶卷又断了。灯又亮了起来。学生纷纷站起来看投影机。你听见卷筒在空转，圣依纳爵修女让卷筒停下来。妮科尔·马尔站起来，从旁边的过道穿过礼堂，走到投影机后面。圣若望由天主者修女看到她站在自己身后，叫她回位子。你听到大家开始交头接耳，修院长让你们保持安静。妮科尔·马尔假装走回自己的位子，你看见她弯着腰绕着礼堂走了一大圈，来到礼堂的后门边，站在圣若望由天主者修女身后的圣亚历山大修女身后的圣依纳爵修女身后。灯熄灭了。你听见妮科尔·马尔跑回自己座位的脚步声。

瓦莱丽·博尔热弯下腰，捡起落在脚边的笔记本。投影画面发出的白光照亮了她的脸，你看到她脸颊两侧的头发。男孩们边走路边说话，你通过他们手上的动作和字幕里表示对话的破折号判断出他们在说话。你看到他们跑了起来。他们捡起木头，把木头堆成一堆拖在身后。你看见他们在生火。瓦莱丽·博尔热对卡特琳·勒格朗说，要给她读一首去年写的诗。当瓦莱丽·博尔热在笔记本中找这首诗，当她停在一页上，然后翻到下一页时，卡特琳·勒格朗把身体转向瓦莱丽·博尔热。瓦莱丽·博尔热将摊开的笔记本递给卡特琳·勒格朗，指着左页上的诗。卡特琳·勒格朗把笔记本举到眼前。透过投影画面的光线很难看清笔记本上的文字。卡特琳·勒格朗读着诗，像一条悲伤的蛇，霜溜过草地，它银色的身体闪着光，在闭锁的严寒中。忽然瓦莱丽·博尔热抓住卡特琳·勒格朗的手臂，紧紧地握住它。卡特琳·勒格朗抬头看屏幕。你看到枪管对准了两个小男孩的胸膛，你看见他们倒下，大概是因为拿枪的人开了枪，尽管你听不见枪声。字幕告诉观众他们在倒地时高呼基督君王万岁。于是瓦莱丽·博尔热握住卡特琳·勒格朗的手，但你马上又看到小男孩并肩躺在睡袋里，这表明他们在做梦。你提着装满花瓣的篮子,走在种着金合欢的小路上。你在为游行队伍铺路。你有红郁金香、红牡丹、红玫瑰,你有百合、白郁金香、白牡丹、白玫瑰、马蹄莲。你按照圣尼各老修女描好的轮廓用花瓣在地上画画。有些花朵还保持着完整的形状,放到地上之前必须先把花瓣摘下来。妮科尔·马尔、瓦莱丽·博尔热、洛朗斯·布尼奥尔、卡特琳·勒格朗在小路上。你蹲下身子,手里捧满了花瓣。过了一会儿篮子空了。你走进花坛,摘下新鲜花朵,填满篮子。圣尼各老修女说,先摘全开的花。有的花朵已经掉了一部分在地上,你把地上的花瓣也捡起来。装满篮子需要一些时间。在还没撒花瓣的路上,圣尼各老修女把树叶、脏花、纸屑、木屑扫到一旁,再把它们铲掉。还需要准备好游行队伍停留的地方,要在这里摆放临时祭台,铺上花瓣,明早再把插着花的花瓶放在上面。从远处,从雨棚下、从台阶上、从两个院子间的隔墙上,都可以看到盖着白布单的祭台和分散在各个祭台上的空花瓶。圣尼各老修女画的图在小路两旁,中间留出了落脚的空间。有些地方的画横跨了小路,游行队伍经过时会踏过花瓣。你用花瓣拼拼图,先摆上红色花瓣,再在其余地方放上白色花瓣。你的篮子空了。你回花坛摘花。还可以去矮玫瑰丛、攀缘玫瑰丛、贴着墙生长的玫瑰丛、跨越小径的玫瑰拱廊摘。你有凳子，有折叠梯。妮科尔·马尔扛着折叠梯到处走，时不时把梯子放下来，因为梯子太重，有时她拿不住，你听到梯子掉下来的声音。妮科尔·马尔将梯子靠在朝向加尔默罗会修女花园的凹墙上。你看到她一边爬梯子，一边让篮子绕着手臂转圈。妮科尔·马尔开始摘最高处的玫瑰，这让她一直踉踉跄跄。她摆在一级梯子上的篮子掉了下来。你看到梯子下面的点点红色。妮科尔·马尔开始一片一片地捡起花瓣，再把花瓣连同泥土一起放回篮子。妮科尔·马尔决定把梯子换个地方，她把梯子重新扛在肩上，朝种着鸢尾花的小径的拱廊走去。圣尼各老修女经过她身边时看到她的篮子里既有红花又有白花。圣尼各老修女说，我不是嘱咐过不要把不同颜色的花混在一起吗，于是妮科尔·马尔走下梯子，开始挑花和花瓣，把数量更多的红色花瓣留在篮子里，把白色花瓣堆放在地上。瓦莱丽·博尔热、卡特琳·勒格朗在崖柏树篱后面的花坛里摘花。那儿的花很久没有盛开了，于是你不加区分地把所有花摘下来，有刚刚张开花瓣的，有湿漉漉的，有含苞待放的，你把它们胡乱丢在篮子里。你把花，把所有花摘下来，你会坐在地上摘花瓣，你会把花瓣一瓣一瓣地摘下，你没办法摘下那些还粘连在花蕾上的花瓣，篮子里装满了郁金香、牡丹、百合、玫瑰。瓦莱丽·博尔热和卡特琳·勒格朗在排练游行，当神父停下时，孩子们向圣体抛花，红色的花同时落在瓦莱丽·博尔热和卡特琳·勒格朗的额头、头发、脸颊和脖子上。红色的花在瓦莱丽·博尔热和卡特琳·勒格朗的周围散落。你思考着。你想不明白。你说无论其他人怎么说，就算你把灵魂献给魔鬼，魔鬼也不要它。你说你在半夜祈求它，它也不会来。你说它不会带着地狱的气味来，它不会在粉笔画的圆圈里双脚跳，它不会在一道硫黄色和烟灰色的光芒中现身，你不会看见它像柴郡猫一样突然出现，从头或从脚或从身体开始显现。你说窗户是开着的，你看见草地里有动静，大概是草在动，你发现雏菊形成的斑点，你听见猫头鹰的叫声。你说你在玛丽·德莫纳家，圣若望由天主者修女、马里耶勒·巴兰、洛朗斯·布尼奥尔、妮科尔·马尔、索菲·里厄、安娜·热利耶、德尼丝·科斯、安娜-玛丽·布吕内、玛丽-若泽·布鲁、玛格丽特-玛丽·勒莫尼亚勒、瓦莱丽·博尔热、卡特琳·勒格朗都在。你说你坐在椅子和扶手椅上。你说瓦莱丽·博尔热和卡特琳·勒格朗坐在同一张扶手椅上,因为少一个位子,你说你在吃点心,你说你拿着茶杯的手在抖。你说你在乡村里走,你说几乎平顶的山丘形成了一个圆谷,你说那里的村庄看起来越来越小,你说天空是淡蓝色的,你说卡特琳·勒格朗、瓦莱丽·博尔热走路的时候牵着手。你说瓦莱丽·博尔热放开卡特琳·勒格朗的手,开始奔跑起来,卡特琳·勒格朗追不上她,瓦莱丽·博尔热任由自己摔在草地上,你说跑在她后面的卡特琳·勒格朗一个踉跄也摔了下去,摔在瓦莱丽·博尔热的身上。你说泥土散发着气味,你说草被割过了,你说你看到一个田鼠洞,你说瓦莱丽·博尔热用一根树枝把小洞里的一只蟋蟀掏了出来,你说晚上你坐着一辆带篷卡车回家,你说车上很冷,因为冷风呼啸而过,你说你盖着毯子,瓦莱丽·博尔热和卡特琳·勒格朗盖着同一条毯子,毯子下她们牵着手。你说天黑了,卡特琳·勒格朗躺在湿漉漉的草地上,在那儿看星星。你说你在排练戏剧的剧场里。你说圣依玻理修女选了奥德赛中的一段,讲的是奥德修斯到达伊塔卡的情节。你说卡特琳·勒格朗演旁白,瓦莱丽·博尔热演佩涅洛佩,奥德修斯由高年级女生弗雷德里克·达尔斯扮演,你欣赏她的高个子、肩膀和狮子般的头。

你说欧墨洛斯由加布丽埃勒·米尔托扮演，苏珊·普拉、纳塔莉·德勒、安娜·热利耶演追求者。你说特勒马科斯是波勒·法卢演的，那个一上来就能流利阅读维吉尔的女生，那个长着绿眼睛和鹰钩鼻的女生。你说你听见奥德修斯在杀人后要求演奏的乐曲。你说卡特琳·勒格朗在后台等瓦莱丽·博尔热，瓦莱丽·博尔热向她跑过来，她亲了瓦莱丽·博尔热的脸颊。你说乐曲把你的注意力从座位上的血迹或粘在木桌上的脑浆上移开。圣依玻理修女说这是奥德赛的主要情节，因为除了特勒马科斯与佩涅洛佩追求者之间的恩怨，除了他得到消息后离开的时候，所有关于其他人物，关于奥德修斯，关于从特洛伊战争到海上历险再到回归故土的信息，都是通过餐桌上的人讲述的，比如第三卷涅斯托尔对特勒马科斯说的话，第四卷墨涅拉奥斯对特勒马科斯说的话，第八卷得摩多科斯在阿尔基诺奥斯宴会上说的话，第九、十、十一、十二、十三卷奥德修斯对阿尔基诺奥斯说的话，圣依玻理修女说，另外，墨涅拉奥斯讲述了普罗透斯告诉他的事，奥德赛讲述了基尔克、特瑞西阿斯、奥托吕科斯、阿伽门农告诉他的事，所以圣依玻理修女说要演的是奥德赛的主要情节。你说瓦莱丽·博尔热的双腿被佩普洛斯长裙遮住了，她沾湿了嘴唇，为了让它们看起来闪闪发光，站在舞台一侧的旁白看着佩涅洛佩的嘴唇说，他说。你说你们在排练。你说你看到瓦莱丽·博尔热走向弗雷德里克·达尔斯，然后扑过去拥抱她。你说瓦莱丽·博尔热和卡特琳·勒格朗躲在地下墓穴的桃叶珊瑚后面。你说你透过树叶看到来往学生们奔跑、走路、说话、吃吐司，你看着她们却没有被看见，在桃叶珊瑚树篱的另一边，安娜-玛丽·布吕内和德尼丝·科斯坐在箱子上，你没在听她们讲话，你低声地说话。你说瓦莱丽·博尔热讲了上个假期和下个假期的事，瓦莱丽·博尔热讲了她父亲给她的卡宾枪，讲了打猎，瓦莱丽·博尔热说她打过一次毛瑟步枪，子弹飞出去的时候肩膀上感受到了枪的后坐力，瓦莱丽·博尔热讲了她的朋友，讲了她不再寄宿的那一天。你说卡特琳·勒格朗对瓦莱丽·博尔热说，你不爱我。你说瓦莱丽·博尔热转过头，她在桃叶珊瑚的叶子上靠了一会儿，当她看向卡特琳·勒格朗时，你看到她在哭，于是你站起来，你对瓦莱丽·博尔热说，走，去雨里的花园，你说瓦莱丽·博尔热不哭了，你说卡特琳·勒格朗没有把手帕给她，因为她没有手帕。你说瓦莱丽·博尔热把三颗五点五毫米卡宾枪子弹放在卡特琳·勒格朗的手里，让她保管它们。你说你看到雨滴打在树上，从树干前穿过，在树叶上流淌，你每走一步就在小路的泥土上留下一个坑，打湿的头发贴在脸颊上，你走到公园的尽头。你说小路的洼地里蓄了水，雨点很密集，你睁不开眼睛，便半闭着，你看不清十米外的东西，就像落下了一层雾，风从两边把它吹散，你们走路时没有牵手。你说当你再次在长凳上坐下时，你感觉衣服粘在皮肤上，脚湿透了。你说卡特琳·勒格朗和韦罗妮克·勒格朗坐在汽车后座上，雨在汽车周围落下，你没有说话，头靠在座位上。柏油路凸起的地方闪着光。凹下去的地方积满了水，车轮碾过时溅起水柱，一直蹿到车窗上。有时你直起身子看一个东西，接着又靠回座位。挡风玻璃上雨刷器的声音总是不受控制地传入你的耳朵。路上没有人。经过的村庄家家户户都关着门，关着窗，有的亮着灯。你看到草地积了水。水从草之间的地里漫出来。你说要是在草地里走，脚会陷在地里。你看见水从电线上滑落，从树上滴落，你时不时看见一只一动不动的鸟。树叶似乎因为水而闭合了起来，让你辨认不出它们的品种。你说，那些湿润的太阳／在这些模糊的天空／让我的心沉迷／多神秘／你不忠的眼眸／透过泪水婆婆。在路的拐角，你看见了大教堂。雨在教堂和驶向它的汽车间形成一道屏障。从现在开始大教堂不再会从你的视线里消失，除了下到山谷的时候，然后它又会在雨里再次出现。你会看见阳光忽然冲破云层，让落下的雨闪闪发光，远处的大教堂也会在雨和阳光下闪耀。你和圣儒略修女一起去里瓦茹。有玛丽-若泽·布鲁、马里耶勒·巴兰、索菲·里厄、妮科尔·马尔、玛格丽特-玛丽·勒莫尼亚勒、安娜-玛丽·布吕内、洛朗斯·布尼奥尔、朱利安娜·蓬、玛丽·德莫纳、安娜·热利耶、德尼丝·科斯、瓦莱丽·博尔热、卡特琳·勒格朗。你在站台上看着火车头上的受电弓一边摩擦电线，一边折叠、伸展。你坐的是蒸汽火车。火车贴着站台，在一段长时间的制动后停下来。瓦莱丽·博尔热和卡特琳·勒格朗站在窗边，把身子尽可能地探出窗外。瓦莱丽·博尔热的头发扫在卡特琳·勒格朗的脸上。卡特琳·勒格朗看见瓦莱丽·博尔热的侧脸和扬起的头发，她看见向下弯曲的左眉弓、太阳穴、颧骨、脸颊、下颌线、脖子，瓦莱丽·博尔热的双手放在拉下的车窗上。风把车头的蒸汽吹向车厢，过了一会儿你们看不见对方了，于是你们仰起头，揉揉眼睛。圣儒略修女和马里耶勒·巴兰、妮科尔·马尔、洛朗斯·布尼奥尔、朱利安娜·蓬、玛丽·德莫纳、安娜·热利耶、德尼丝·科斯、安娜-玛丽·布吕内、玛格丽特-玛丽·勒莫尼亚勒、玛丽-若泽·布鲁、索菲·里厄在隔壁车厢。瓦莱丽·博尔热对卡特琳·勒格朗说火车不会停，它会开一整天，然后开一整夜，明天白天它还会开，晚上也会开，还有之后的晚上和之后的白天。你笑这趟永不停歇的火车。你说，锃亮的家具／被岁月打磨／装点我们的房间／最珍奇的花朵／混着琥珀淡淡的香／华丽的藻井／深邃的明镜／东方的华美／一切都向心灵／隐秘地诉说／母语的甜蜜。火车停靠在里瓦茹。圣儒略修女站在瓦莱丽·博尔热和卡特琳·勒格朗那节车厢的车窗前，等待她们出来。你在河里走。你穿着短裤，所以可以从一些地方蹚水过河。你穿过浅滩。浅滩的另一头有树林、岩石。你坐在那儿的石头上吃饭。你从岩石上跑过，从一块岩石跳到另一块岩石。你们比赛跑步，瓦莱丽·博尔热赢了。妮科尔·马尔想装作从岩石上摔下来，结果弄假成真，于是每个人都大喊着向她跑去。但她没有受伤。你在河里走。你把手伸到石头下面抓鱼。瓦莱丽·博尔热抓到两条。是两条小鲤鱼。你看着它们在草地上扭来扭去。过了一会儿，你把它们放回水中。

瓦莱丽·博尔热从一块大石头后面抓到了一个东西,是一条蛇,她抓着蛇头。旁边的索菲·里厄尖叫着从河里跑出去,结果她踩到了树根,扭到了脚踝,她坐在河边,握着脚踝喊疼,瓦莱丽·博尔热抓着蛇向她走去。索菲·里厄一瘸一拐地跑了,瓦莱丽·博尔热丢下了蛇。圣儒略修女说索菲·里厄扭伤了脚踝,因为她没办法把脚踩在地上,圣儒略修女说她的脚踝会肿起来。你爬上河边的树。你顺着树枝爬,用胳膊和腿攀住树枝,等爬到枝头,等树枝弯折,你就顺势摔在地上。朱利安娜·蓬试图从她的那棵树上下来,她爬得很高,她头朝下,膝盖挂在一根树枝上,双手握着下面的一根树枝,头发垂在树枝前,你看到她松开膝盖,把身体绕着手握的那根树枝甩了起来,她说她在打回环,她身体的重量几乎让她松开手,而且她扭到了腰,于是她坐在树杈上一动不动,背靠在树干上。你练习从岩石上方的一棵树跳到另一棵树上。瓦莱丽·博尔热看着她要跳上去的那棵树,它的树枝搭在你所在的那棵树上。于是卡特琳·勒格朗先大喊着跳了过去,因为已经跳了起来,她只好不停地从一棵树跳到另一棵树。瓦莱丽·博尔热大喊着跟上去追赶她。瓦莱丽·博尔热和卡特琳·勒格朗并排坐在一根粗树枝上。卡特琳·勒格朗问瓦莱丽·博尔热要不要去那边的洞穴，那个圣儒略修女禁止你去的地方，瓦莱丽·博尔热说好，走吧，她说因为没有手电筒，得拿上棍子，用它在洞里探路。你在河里。河水就像泉水一样，先冰肚子，再冰胸部，现在冰到了肩膀和脖子，因为你在游泳。莱昂·托尔皮斯提起树篱的枝杈，让卡特琳·勒格朗钻过去。卡特琳·勒格朗钻进树篱的洞里，莱昂·托尔皮斯在她进洞的同时一撒手，让带刺的黑刺李和荆条打在了卡特琳·勒格朗的脸、小腿、大腿上，划伤了卡特琳·勒格朗的脸、小腿、大腿。莱昂·托尔皮斯蹲坐着。莱昂·托尔皮斯大笑着用拳头捶地。皮埃尔·杜米厄站在他身后。他没有笑。卡特琳·勒格朗冲向莱昂·托尔皮斯，莱昂·托尔皮斯一跃而起，跑了起来，卡特琳·勒格朗在莱昂·托尔皮斯后面追。皮埃尔·杜米厄在卡特琳·勒格朗后面追。莱昂·托尔皮斯在跑的过程中抓住了一根矮树枝，你看到他的身体因为惯性而前后摇摆起来。卡特琳·勒格朗拍打他的大腿和小腿，莱昂·托尔皮斯用力一蹬，想把身体撑到树上，卡特琳·勒格朗抓住他的一只脚，然后抓住他的一条小腿，拼命把它们往下拽，直到莱昂·托尔皮斯松开树枝，仰面倒在地上。卡特琳·勒格朗跳到他的肚子和大腿上，揍他的脸。皮埃尔·杜米厄推倒了坐在莱昂·托尔皮斯身上的卡特琳·勒格朗，叫他们别打了，拉他们起来。你踩着草地上的脚印原路返回。你去找韦罗妮克·勒格朗和让娜·杜米厄。皮埃尔·杜米厄、让娜·杜米厄、卡特琳·勒格朗和莱昂·托尔皮斯跟着猎人们去科斯高原上打鹌鹑和鹧鸪。你在覆满石头的山上。天空苍茫一片。地和山呈现出同样的赭色。干燥的植被与遍地的石头融为一体。那是发白的地衣、布满尖刺的刺柏、欧马桑。你走在猎人前面。你代替了狗。你惊动了从远处看不见的鸟儿。鸟儿从你的脚边起飞。你以为是石头突然飞了起来，但你听见翅膀拍打的声音。后面的猎人趁鸟儿还没飞高朝它们射击。他们排成一排。让娜·杜米厄、韦罗妮克·勒格朗、皮埃尔·杜米厄、卡特琳·勒格朗、莱昂·托尔皮斯排成一排走在他们前面。时不时会有一条蛇从你将要落脚的石头下面爬出来，但每年这个时候的蛇都爬得很慢，你说是因为它们没有毒液。你前进着。科斯高原延绵起伏，一望无际。你前进着。你遇到了一个跟着羊群的牧羊人。他把羊群赶到面前，防止它们挡住你的路。他一边叫喊，一边用棍子打其中的几只。一条黄狗在他面前上蹿下跳，吠叫着，扯几下羊毛和羊腿肚，冲到羊面前，撞它们的脖子。羊群聚集在一起，同时咩咩地叫。脖子上的铃铛随着它们的踩踏、蹦跳、躲避狗而晃来晃去，你听到铃铛的声响。你看见羊群撞在一起，一只羊爬到另一只羊的背上再掉下去，它们现在跑到了猎人前面，跑到了让娜·杜米厄、韦罗妮克·勒格朗、皮埃尔·杜米厄、卡特琳·勒格朗、莱昂·托尔皮斯前面。你等它们过去，牧羊人跟在它们后面追，喊着见鬼该死天撒的和其他你听不懂的脏话。你与猎人们分开。其中一个猎人让莱昂·托尔皮斯回家。莱昂·托尔皮斯说了一些你没听见的话，猎人追上去敲了一下他的后脑勺，莱昂·托尔皮斯用手护住头，猎人拿开他的手继续揍他，对他说，滚蛋。于是莱昂·托尔皮斯跑开了。韦罗妮克·勒格朗、让娜·杜米厄、卡特琳·勒格朗和皮埃尔·杜米厄跟在他后面。跑了一会儿，你坐在地上，看着逐渐远去的猎人们，你看见他们头旁的猎枪，他们越来越小，你看见他们消失在一座山后。你前进着。你去摘核桃和枇杷。你准备去的农场传来喷泉的水声。因为怕被看见，你从后面绕道。你看见包围农场的田野、房子的一面侧墙，你嗅了嗅树叶焚烧的气味。你一直走到第二块田，它与第一块田之间被一道树篱隔开，树篱生长在堆叠起来但没有用水泥黏合的石头上。当让娜·杜米厄穿过树篱上的洞时，她的脚撞到了一块石头，你听到碎石坍塌的声音，你坐在树篱后面，没有人过来，于是你开始摘枇杷，枇杷在指尖裂开，等你摘腻了枇杷，你去摘核桃，因为没有竿子，你摇晃树枝，一些核桃掉落下来，你把它们装进口袋。莱昂·托尔皮斯装了一贝雷帽的核桃。你爬上树，因为在树上比在树下更能使上劲，在树下即使踮着脚尖也够不到树枝。此时你看见胖女人从农场门口跑出来，放声大喊，小流氓，滚出去。但你没有滚，你继续摇核桃树的树枝。胖女人叫喊的声音越来越大，还是喊着同样的话，最后她从马厩里拿出了干草叉，举着干草叉朝你冲过来，你看见她的乳房上下晃动，她用了全力，还是跑不起来，你看见她的肚子和屁股，于是你赶紧从树上滑下来，溜走了。你说暴风雨后你在院子里。你说你从地下墓穴的窗户后面看见闪电划过天空，你说同时出现了几道平行的闪电，你说树木被闪电照亮，雨一下子落了下来。你说院子里、花园里到处都有水在流淌，新的水流从排水沟里冒出来，你说你大喊着跳过排水沟，你说空气又冷又湿，你说泥土和树叶散发出气味，你说种着金合欢的小路变成了一条河，水没过了你的脚踝。你说你去院子看满地的水、浸湿的树干，你爬到长凳上，因为鞋里的脚湿透了，你把树枝扔进排水沟，树枝被带走，打着转儿，最后陷进土里，你说，瞧这些运河／沉睡着船只／情绪在漂流／为了满足你／小小的愿望／它们从天涯海角驶来。你说瓦莱丽·博尔热站在你听到河流流淌的山上，你说有羊群在前进，云朵是鱼鳞状的，你说太阳是白色的，你说天空是淡蓝色的，你说你看见瓦莱丽·博尔热扎着辫子站在山上，你说当你走近时，她小得像在远处似的，你说你看见她脸上皮肤放大的纹理，就像你贴着她的脸看似的，你说你看见瓦莱丽·博尔热站在山上，好像你躺在地上似的。你说瓦莱丽·博尔热站在山上，你看见她，你看着她，你听见河水的流淌，你听见绵羊的羊铃，你看着她。凯吕斯老师死了。修院长让大家在自习的时候去看她。瓦莱丽·博尔热、卡特琳·勒格朗在凯吕斯老师的房里。圣儒略修女把她们推到床边。你弯下腰去亲吻尸体。你的嘴唇贴到了额头或脸颊。你直起身。你们站在床的两边。圣儒略修女离开了。百叶窗关着。摆着蜡烛。你手里抓着念珠，但你不用它。你忍不住去看凯吕斯老师。高脚桌在她的头边，桌上放着圣水和蜡烛。凯吕斯老师的双手被摆放在胸前的床单上。她梳着往常的发髻。你看见她眼镜后面的眼睛闭着。你想知道她是不是真的死了。她的脸颊发黄。瓦莱丽·博尔热、卡特琳·勒格朗不敢窃窃私语。忽然你觉得尸体动了起来。瓦莱丽·博尔热站起来，朝门口走去。卡特琳·勒格朗也站了起来。但只是上下颌松开了，你看见嘴唇一点一点地张开。站在床尾的瓦莱丽·博尔热、卡特琳·勒格朗没有牵手，她们看着凯吕斯老师，等待她开口说话，等待她举起双手，朝她们招手。尸体又不动了。卡特琳·勒格朗、瓦莱丽·博尔热又坐回床边。紧绷的嘴唇局部上扬，露出一部分牙齿，让凯吕斯老师的脸上浮现出滑稽的笑容。你坐大巴车去凯吕斯老师下葬的富热罗勒。殡仪车在前面领路。你靠在座位上睡觉，因为天还没亮，因为起得很早。当你睁开眼睛时，你看见窗外有各种形状闪过，你看见司机的背影。圣儒略修女坐在他后面。瓦莱丽·博尔热睡在卡特琳·勒格朗旁边。她歪着头，披着头发，你看见她张着嘴巴，你看见嘴唇贴着牙齿。汽车颠了一下，让瓦莱丽·博尔热猛地惊醒，直起身来，她看着旁边的卡特琳·勒格朗，看着她对她微笑，让她把头搁在卡特琳·勒格朗的肩膀上，卡特琳·勒格朗握着她的手，倚靠着她。瓦莱丽·博尔热又睡着了。你时不时地打个哈欠。你看见天亮了，你看见汽车正在山里穿行。在路的拐角，你看到一片白桦林，枝头在晃动。天很冷。玛丽·德莫纳站起身，在过道里走动。她一定是去跟圣儒略修女说她想吐，因为你看见圣儒略修女给了她一块滴了薄荷水的糖，你看见她脱下自己的披风，把它围在玛丽·德莫纳身上，让玛丽·德莫纳坐在她旁边。大家纷纷醒来。索菲·里厄捡起围巾，把它围在脖子上。妮科尔·马尔一边大喊大叫，一边胳肢洛朗斯·布尼奥尔，想把她弄醒。索菲·里厄伸了个懒腰。瓦莱丽·博尔热假装在睡觉，头靠在卡特琳·勒格朗的脖子上。卡特琳·勒格朗把她从自己身上挪开，看见她睁开眼睛，看见她微笑，看见她又闭上了眼睛。卡特琳·勒格朗感觉瓦莱丽·博尔热正在捏她的手。安娜-玛丽·布吕内站在过道上梳头。圣儒略修女拿着保温瓶从大家身旁经过，圣儒略修女把烫咖啡倒进小杯子里，咖啡的香味弥漫开来，你听到杯子和勺子碰撞的声音，圣儒略修女险些摔倒，因为车拐了个弯。朱利安娜·蓬从她手中接过保温瓶，圣儒略修女让她接咖啡。瓦莱丽·博尔热站起来，用手整理头发，问别人借梳子。山里下了雪。你听见风吹过树林，吹过大巴的铁皮。瓦莱丽·博尔热、卡特琳·勒格朗喝完咖啡又靠在了一起。瓦莱丽·博尔热、卡特琳·勒格朗没有说话。她们周围的人都在大声说话。妮科尔·马尔站在过道上，她任由汽车把自己甩到洛朗斯·布尼奥尔的身上，洛朗斯·布尼奥尔大喊，你弄痛我了，又摔倒在德尼丝·科斯身上，德尼丝·科斯把她推开，把她推倒在地上。圣儒略修女叫妮科尔·马尔站起来，回位子坐下。你听见有人在拿凯吕斯老师的葬礼开玩笑。玛丽-若泽·布鲁笑着说，我们来分凯吕斯老师留下的东西吧。玛格丽特-玛丽·勒莫尼亚勒说想要她的假牙。马里耶勒·巴兰说想要她的拐杖。圣儒略修女叫她们闭嘴。你在富热罗勒教堂里听到亡者弥撒。你感觉墙壁、柱子、长凳，一切都冻成了冰。你瑟瑟发抖。弥撒是由村民们唱的。你在墓地里瑟瑟发抖。墓坑底部有水，你看见棺材降下来，啪的一声扎进了坑里。马里耶勒·巴兰、玛格丽特-玛丽·勒莫尼亚勒、安娜-玛丽·布吕内、德尼丝·科斯、玛丽-若泽·布鲁开始哭。墓地没有人照管，坟头上长满了杂草、雏菊和罂粟花。坟堆上到处都是罂粟花，你看见它们被风吹弯的花冠。你看见木十字架，没有一个是摆正的，本来扎在地里的十字架有的歪在一边，有的落在土堆上，你猜那也是一座坟。土堆上没有铭文，也没有名字。下起了雨夹雪。脚下满是泥泞。罂粟花湿漉漉的。你站起来，去跟凯吕斯老师的父母握手。你说，落日的余晖／给田野、运河与城市／洒下风信子／与金黄的色彩／在温暖的柔光中／世界在沉睡。你说，我曾爱她之深我仍活于她身。

后记
一部振聋发聩的作品

昨天我读到了第一篇关于莫尼克·威蒂格的《奥波波纳克斯》的文章。果不其然,文章作者和我读出了不一样的奥波波纳克斯。

我的奥波波纳克斯,它可能是,甚至几乎是,第一本关于童年的现代著作。我的奥波波纳克斯,它为之前百分之九十的写童年的书宣判了死刑。它是某种文学的终结,谢天谢地。这是一本既值得钦佩又举足轻重的书,因为它遵循了一条丝毫或几乎丝毫未被触犯的铁律,那就是只使用纯粹的描述材料,且仅依靠纯粹的客观语言。最后这点非常重要。儿童正是用它来梳理和清点童年的世界,而作者用它谱写了一支素歌。所以我说我的奥波波纳克斯是一部书写杰作,因为它是用奥波波纳克斯自己的语言写成的。

但是别担心，成年人即使不懂奥波波纳克斯的语言，也对它不陌生。只要读一读莫尼克·威蒂格的书就能回想起来。当然你也不是不可能拖着沉重的眼皮读着一部虚假的文学作品，甚至怀疑作者写的是不是文学作品。

这本书讲的是什么？孩子。十个，抑或一百个小女孩和小男孩，他们有着自己被赋予的名字，但也可以把它们当作筹码来交换。这本书讲的是一千个小女孩在一起，一大群小女孩向你涌来，把你淹没。就是这样一种流动的、宽广的、洋流般的东西？一个浪卷来一大片、一大群孩子。毕竟在书的开头，孩子们的年纪非常非常小，正处于无尽岁月的深处。韦罗妮克·勒格朗差不多只有三岁吧？

首先，在这个巨浪里生活、翻滚、攒动着千千万万个小浪花。小浪花们共生，像连发的子弹一样前赴后继，甚至遵循着一种绝对的秩序。接着每一朵小浪花扩展开来，放慢速度，与另一朵小浪花交叠、拥抱，最后融合在一起——童年老去了。作者非同寻常的艺术让我们丝毫没有察觉这种老去已经在我们身上发生。就像当我们面对自己的孩子时，我们会困惑，会惊讶。接下来到了学乘法的年纪，然后是学拉丁语的年纪?但要注意,即便已经老去,童年依旧是童年,我们始终没有离开这座铜墙铁壁、坚不可摧的城堡。我们这才发现我们进不去。我们被邀请去观察,去见证。童年在制造,在成形,在我们眼前呼吸。

这种推进令人称道。时间在流淌,如同深邃的源泉,伴随着我们看到的童年,一起充盈着我们。

刚开始,一个小女孩在剥一个橙子,她咬了一口,吞掉了一整片天空,吞掉了另一个死去的小女孩,吞掉了一切的一切。接着,小女孩换了一个橙子,她吞掉了另一个橙子,她以闪电般的速度用眼睛遮住另一片天空,她吞掉本子上写了一个小时的"横竖撇捺"。接下来,什么事情发生了。比如在第一个橙子和第二片被吞掉的天空之间,什么东西无声地颤抖了一下。在面包屑做的小人和被撕掉翅膀的蝴蝶之间,什么事情发生了——做小人的小女孩和肢解蝴蝶的小女孩是同一个人。

在童年的尽头,在故事的末尾,在城墙崩塌的时刻,联结永远地形成了。这时精神已经被心灵的颤抖荼毒,大家不再一起玩耍,不再共生。友情诞生了。

作为城堡理想的守门人,一模一样、不知其名的天主教修女们就像成年人的范本,在过道、宿舍里一字排开。童年的涌流拍打着她们暗淡的黑裙。在她们虔诚的阴影下,暗藏着对死与生世俗的、纯真的、可怕的审视。

一个主教死了。他的死会造成或带来什么?在隆重、奢华的主教葬礼中,在中殿的阴影下,在一切引人注目之物的阴影中,在一切之下,小女孩的一绺头发被她旁边的小女孩看到了。多美啊。跪在地上的小女孩的头发的运动被发现,一种空间上的发现,头发与小女孩同时运动,因她而动,但又遵循着自己的规律:它在小女孩的身旁呼吸,同时在她的头上呼吸,像植物在地上呼吸。没有借助任何形容词来形容这一对美的发现。头发的运动被描述得与亡者弥撒飞扬的管风琴乐曲一样。音乐让墙壁倒塌,它无处不在,而在这下方,在它的包围中,一个孩子的头发,对另一个孩子来说,穿透了原初的黑暗。经过的天主教修女们盲目地见证了她们并不知晓的另一种耀眼的至福。

她们有自己的作用。她们的作用在这本书中展现得淋漓尽致。通过用毫无意义、隐晦不明的义务来点缀童年,她们给了童年违背义务的自由。

如果我没记错的话,学拉丁语的时期也是令人难忘的战争时期。小女孩们被荨麻鞭打,大腿被撕咬,叛徒被发现。等着跟其他的孩子去偷一块不知道能用来做什么的大铁板,其他的孩子没有赴约。所以,也许黎明就是这个被叫作黎明的短暂时刻。但它是那么短暂。

我的话到此为止。你也好,我也罢,我们都写过这本书。一个人把这本我们都写过的奥波波纳克斯挖掘了出来,不管我们愿不愿意。在合上书的那一刻我们分道扬镳。我的奥波波纳克斯,它是一部杰作。

玛格丽特·杜拉斯
《法国观察家》,1964年11月5日

注 释

第6页　　"七十一，七十二。嬷嬷是比利时人。"：法国法语和比利时法语对数字七十的表达方式不同，法国法语为soixante-dix，比利时法语为septante。这里嬷嬷使用的是比利时法语。

第78页　　"你经过一个山领"：山领（col）即山坳，指两山间凹下的地方。法语中的col既指山坳，也指领子、颈部，此处保留领子的含义。

第119页　　"装成正在吮吸狼奶的雷穆斯和罗慕路斯"：雷穆斯和罗慕路斯为神话中罗马城的建立者，据说由母狼哺乳并由牧人抚养长大。

第123页　　"阿道克船长在追威士忌泡——泡——泡时变成了一只小鸟叽——叽——叽"：埃尔热，《月球探险》（*On a marché sur la Lune*），1954年。

第124页　　"鬓角的珠串垂到嘴角，粉色的嘴巴像半开的石榴。胸前的一组宝石闪闪发光，用缤纷的色彩模仿海鳗的鳞片。"：福楼拜，《萨朗波》（*Salammbô*），1862年。

第129页　　"殿宇雕梁画栋之室／吉布尔克身擐甲胄／头戴兜鍪腰束剑戟／妇人无不荷戈执锐"：《阿利斯坎》（*Aliscans*），12世纪末武功歌。

第130页	"攻甚猛战甚酷／妇人无不投石自卫／撒拉逊人血流漂杵／项首碎裂张口而毙"：出处同上。
第131页	"姑娘们，扶住你们即将晕厥的皇后"：拉辛，《艾斯德尔》（*Esther*），第二幕，第七场，1689年。
第131页	"德拉姆王指髯为誓／吾当以五马分尸／或投之于海／余知其髯不能守信"：《阿利斯坎》，12世纪末武功歌。
第136页	"余亦将乘于马上／身擐锁甲头戴明盔／项悬圆盾腰佩利剑"：出处同上。
第137页	"若天命余必助吾子／操戈披甲骑于马上／夷狄波斯撒拉逊人／遇吾锋刃必坠马下"：出处同上。
第146页	"乡村已在我面前展开／白天从海上来的藏红花"：马莱伯，《圣皮埃尔之泪》（*Les Larmes de Saint Pierre*），1587年。
第148页	"思想中除我以外之一切禁锢我／在西班牙和法兰西筑起城堡"：奥尔良公爵查理，《诗全集》（*Poésies complètes*），回旋诗108，15世纪。
第150页	"就让人思索整个自然界的崇高与壮丽吧"：帕斯卡尔，《思想录》（*Pensées*），片段72，1670年。
第165页	"而你／温柔的金雀花／你用芬芳的枝叶装点这片荒芜的乡野"：贾科莫·莱奥帕尔迪，《金雀花》（"La Ginestra, o Fiore del deserto"），《诗集》（*Canti*），诗34，1835年。
第165页	"海与天吸引着大理石平台上簇簇初绽而刚强的玫瑰"：兰波，《花》（"Fleurs"），《彩图集》（*Illuminations*），1895年。
第165页	"在平静的黑色水波上繁星沉睡／洁白的奥菲莉亚像一朵大百合花漂浮着"：兰波，《奥菲莉亚》（"Ophélie"），《诗全集》（*Poésies complètes*），1895年。
第169页	"愉快的休憩／满满的安宁／请每晚继续吧我的梦"：路易丝·拉贝，《我刚开始在》（"Tout aussitôt

	que je commence à prendre"),《作品集》(*Œuvres*),十四行诗 9,1555 年。
第 180 页	"温柔的面容与所有的美德 / 我能够承受您的辱骂 / 因为您是所有疯狂的终结":阿尔诺·达尼埃尔,《凛冽的寒风》("L'aura amara"),《阿尔诺·达尼埃尔诗集》(*Les poésies d'Arnaut Daniel*),12 世纪。
第 182 页	"慢悠悠的爱情折磨着我":提布卢斯,《哀歌集》(*Elégies*),第一卷,哀歌 4,公元前 1 世纪。
第 186 页	"我乃我之主,我乃宇宙之主,我乃主,我欲为主。啊,世纪啊,啊,记忆啊。":高乃依,《西拿》(*Cinna*),第五幕,第三场,1643 年。
第 187 页	"交个朋友吧,西拿,是我邀请你来的。":出处同上。
第 188 页	"永留我最后一次胜利吧。":出处同上。
第 197 页	"自然在肃寂中等待你 / 草在你的脚下升起晚云":阿尔弗雷德·德·维尼,《牧羊人的屋》("La Maison du berger"),《命运集》(*Les Destinées*),1864 年(首次出版于 1844 年)。
第 198 页	"跳起来的时候你是格列佛或哥肋雅":格列佛为《格列佛游记》的主角,在利立浦特(小人国)游历时为巨人;哥肋雅(新教称歌利亚)为《圣经·撒慕尔纪上》中记载的培肋舍特巨人。
第 202 页	"气味很香但滋味太苦":莫里斯·塞夫,《思想,至高美德之对象》(*Délie, objet de plus haute vertu*),十行诗 10,1544 年。
第 212 页	"他停下来,他忘了,唉!情感征服了他,他回头看了一眼他的欧律狄刻,如今已站在微光里。":维吉尔,《农事诗》(*Géorgiques*),公元前 1 世纪。
第 215 页	"我的孩子 / 我的姐妹 / 想想多甜美 / 去那儿一起生活 / 悠然相爱 / 相爱至死 / 在像你一样的国度里":波德莱尔,《旅行的邀约》("L'Invitation au voyage"),《恶之花》(*Les Fleurs du mal*),1857 年。

第 227 页　　"那些湿润的太阳／在这些模糊的天空／让我的心沉迷／多神秘／你不忠的眼眸／透过泪水婆娑"：出处同上。

第 229 页　　"锃亮的家具／被岁月打磨／装点我们的房间／最珍奇的花朵／混着琥珀淡淡的香／华丽的藻井／深邃的明镜／东方的华美／一切都向心灵／隐秘地诉说／母语的甜蜜"：出处同上。

第 233 页　　"喊着见龟该死天撒的和其他你听不懂的脏话"：原文为法国南部奥克西塔尼地区的脏话。

第 235 页　　"瞧这些运河／沉睡着船只／情绪在漂流／为了满足你／小小的愿望／它们从天涯海角驶来"：出处同上。

第 239 页　　"落日的余晖／给田野、运河与城市／洒下风信子／与金黄的色彩／在温暖的柔光中／世界在沉睡"：出处同上。

第 239 页　　"我曾爱她之深我仍活于她身"：莫里斯·塞夫,《思想,至高道德之对象》,十行诗 49,1544 年。

译后记

相传,公元前 13 世纪,希腊人攻打特洛伊城。一天清晨,希腊战舰纷纷扬帆离去,特洛伊人跑到城外,发现海滩上只留下一只巨大的木马。他们惊讶地围住这个庞然大物,以为这是希腊人祭祀天神的木马,于是将它拉回城,以求天神赐福于特洛伊。深夜,正当特洛伊人以为击退了希腊人而高枕安眠时,希腊战士从木马中鱼贯而出。他们悄悄地摸向城门,杀死了睡梦中的守军,隐蔽在附近的大批希腊军队如潮水般涌入特洛伊城。

莫尼克·威蒂格说,"每一部重要的文学作品,在它诞生的那一刻,都像是特洛伊木马"*——一个挑

---

* 莫尼克·威蒂格,《直人思维》(*La Pensée straight*),阿姆斯特丹出版社,2018 年,第 124 页。

战文学陈规的战争机器。特洛伊木马必须保留马的外形，否则就会因为太过怪异而被销毁；同时它又不能流于常规，否则它就无法发挥战争机器的作用。

威蒂格想要攻打的特洛伊城是在父权制和异性恋霸权统治下的法国主流文学创作，而她用来打造特洛伊木马的材料是语言。社会塑造语言，语言又影响着人们的思维方式，进而塑造社会，对威蒂格来说，现存的文学语言已经烙上了性别不平等的烙印，无法服务于她的社会构想，因此，威蒂格将语言与言语分离，让语言回归最原始、最纯粹的物质状态，再赋予其崭新的意义，塑造一个崭新的世界。而童年成了承载这一纯粹语言的绝佳容器。

《奥波波纳克斯》是威蒂格创作的第一部文学作品，以作家本人的童年为蓝本。它是一本以儿童视角书写的关于童年的书，但它绝不是一本童书，也不是一本可以轻松阅读的消遣书。在《奥波波纳克斯》中，威蒂格的纯粹语言集中体现在她对主语泛指人称代词"on"的使用上。在法语中，"on"的含义非常广泛，在不同的语境下，"on"既可以代替单数人称代词"我""你""她／他"，也可以代替复数人称代词"我们""你们""她们／他们",当"on"用作第三人称代词时,与"il"(他)和"elle"(她)不同,"on"既可以指代男性,也可以指代女性。在《奥波波纳克斯》中,"on"有时指代卡特琳·勒格朗,有时指代包括卡特琳·勒格朗在内的两个、三个或一群孩子,有时排除卡特琳·勒格朗,有时虚指"人们"。"on"通常在口语中使用,也因为它的模糊性和口语性被书面语和文学作品排斥,而全书超过两千个"on"正是威蒂格对传统文学发起的振聋发聩的挑战。此外,《奥波波纳克斯》没有像许多主流文学或影视作品那样纳入一两个性少数角色,将他们的边缘地位合理化,而是通过不区分阴阳性和单复数的"on",将卡特琳·勒格朗这个性别还未被社会规范的小女孩的视角一般化、普遍化,同时弱化性别在语言层面的体现。

从翻译前到翻译完整本书,我一直都在思考应该如何翻译这个在中文中不存在的代词。如果把"on"根据语境分别翻译成"我"、"他／她"、"我们"或"他们／她们",那我造出的只是一匹玩具木马,不具攻击性;如果新造一个词,那这匹木马便会丢掉马的外形,变得面目狰狞而吓退读者。古文和方言中虽然存在不区分性别或单复数的代词,比如"其""咱",可是哪个孩子会在日常对话中冒出一个"其"字呢?况且"其"和"咱"的视角依然局限,无法既表示第一人称,又表示第三人称。最终我选择了介于第一和第三人称的代词"你"来翻译"on"。如果说"on"像一台摄影机,将童年的画面忠实、连贯地呈现在读者眼前,那"你"便是用读者的眼睛代替摄影机的镜头,让每个读者化身为卡特琳·勒格朗,那个不那么像小女孩的小女孩,从而将卡特琳·勒格朗的视角普遍化。它或许不再是希腊人造的特洛伊木马,但借箭的草船又何尝不是一种战争机器?

人称代词只是《奥波波纳克斯》中挑战主流文学的表现之一,威蒂格还借助了许多其他语言手段。比如,孩子们的全名像课堂点名般不断在书中出现。作者之所以使用全名,一是为了区分同名的孩子,二是为了与无名的成年人形成鲜明的对比——儿童才是这本书唯一的主角。又如,除了逗号、句号和屈指可数的问号外,威蒂格没有使用任何标点符号,让文本更像是儿童脱口而出的话语。由于中文书写中没有空格,词句的分隔只能通过标点符号实现,如果完全遵守原文的标点,译文的可读性会大大降低。因此,我在译文中添加了原文中没有的顿号、表示歌曲或诗句停顿的斜杠等，但除这些必要的标点之外，我没有添加书名号、冒号、引号等常用标点符号，尽量保留原文的怪异之处，让我的译文可读但不易读。此外，译文也严格遵守作者除每个章节开头外不作任何分段的设置，让事件如电影画面般自然切换。

《奥波波纳克斯》的文学价值绝不仅仅在于它的语言。它包含着一个成长在20世纪四五十年代法国乡村的孩子的全部：在田里摘花，在牧场喂牛，在教堂做弥撒，在教会学校学字母、学数学、学武功歌，读奥德赛、福楼拜、波德莱尔……甚至面对死亡。对《奥波波纳克斯》里的孩子们来说，似乎没有什么事物是需要刻意避讳的。同时，《奥波波纳克斯》又是一本超越时间和地域的书，这也是为什么在《奥波波纳克斯》原书出版的六十年后，我们依然需要翻译、阅读它。即使卡特琳·勒格朗的生活环境与我成长的中国南方城市有着天壤之别，但她与表兄弟姐妹之间激烈但没有恶意的打闹也总能勾起我与表兄妹相处的回忆，让我回想起那个成为大人之前的我。还有那些我习以为常却无法名状的事物：花园里水枪洒水的嗞嗞声，雨后泥土潮湿的气味，天花板上长长的投影，随风飘散的蒲公英绒絮，落叶在地上形成的腐殖质……

最后，希望你也可以读出那个属于你的《奥波波纳克斯》。

张璐

2024年2月3日

明室
Lucida

照亮阅读的人

主　　编	陈希颖
副 主 编	赵　磊
策划编辑	赵　磊
特约编辑	李洛宁
营销编辑	崔晓敏　张晓恒　刘鼎钰
设计总监	山　川
装帧设计	山川制本 workshop
责任印制	耿云龙
内文制作	丝　工

版权咨询、商务合作：contact@lucidabooks.com

上海光之室文化传播有限公司　　Shanghai Lucidabooks Co., Ltd.

图书在版编目（CIP）数据

奥波波纳克斯 /（法）莫尼克·威蒂格著；张璐译. --
北京：北京联合出版公司, 2025.3. -- ISBN 978-7
-5596-8162-1

Ⅰ. I565.45

中国国家版本馆 CIP 数据核字第 2024RM4451 号

北京市版权局著作权合同登记号 图字：01-2025-0330 号

奥波波纳克斯
作　　者：［法］莫尼克·威蒂格
译　　者：张　璐
出 品 人：赵红仕
策划机构：明　室
策划编辑：赵　磊
特约编辑：李洛宁
责任编辑：李艳芬
装帧设计：山川制本 workshop

北京联合出版公司出版
（北京市西城区德外大街 83 号楼 9 层　100088）
北京联合天畅文化传播公司发行
北京市十月印刷有限公司印刷　新华书店经销
字数 135 千字　787 毫米 ×1092 毫米　1/32　8.75 印张
2025 年 3 月第 1 版　2025 年 3 月第 1 次印刷
ISBN 978-7-5596-8162-1
定价：58.00 元

版权所有，侵权必究
未经书面许可，不得以任何方式转载、复制、翻印本书部分或全部内容。
本书若有质量问题，请与本公司图书销售中心联系调换。
电话：(010) 64258472-800

L'Opoponax by Monique Wittig
Copyright © 1964-2018 by Les Éditions de Minuit
Simplified Chinese edition copyright
© 2025 Shanghai Lucidabooks Co., Ltd.
All rights reserved